VOLUME TERZO

© 2014 RCS Libri S.p.A. – Milano
su licenza Fabbri Publishing/Centauria – Milano

Queste fiabe sono state pubblicate
da Fratelli Fabbri Editori a partire dal 1966.

Prima edizione Fabbri Editori: novembre 2014

Versione sceneggiata di Silverio Pisu

Musiche originali composte e arrangiate da Vittorio Paltrinieri
© 2002 Edizioni musicali Alby Music

ISBN 978-88-451-9985-1

Le *Fiabe Sonore* sono disponibili anche per iPhone, iPad e Android.

FIABE SONORE

...A mille ce n'è...

VOLUME TERZO

Alì Babà e i quaranta ladroni

Illustrazioni di FERRI
Versione sceneggiata di SILVERIO PISU

7

Cigno, appiccica!

Illustrazioni di LIMA
Versione sceneggiata di SILVERIO PISU

31

Cinque in un baccello

Illustrazioni di MICHELE
Versione sceneggiata di SILVERIO PISU

55

I fiori della piccola Ida

Illustrazioni di MAX
Versione sceneggiata di SILVERIO PISU

79

Giacomino e il fagiolo

Illustrazioni di MAX
Versione sceneggiata di SILVERIO PISU

103

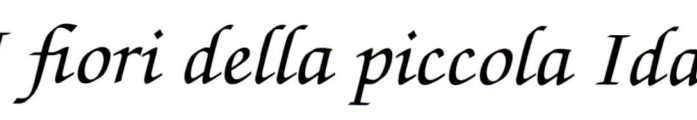

Il lupo e i sette capretti

Illustrazioni di PINARDI
Versione sceneggiata di SILVERIO PISU

127

Il nano Tremotino

Illustrazioni di SANI
Versione sceneggiata di SILVERIO PISU

151

Il soldatino di piombo

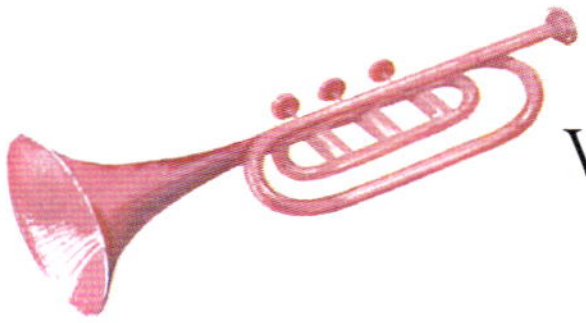

Illustrazioni di PIKKA
Versione sceneggiata di SILVERIO PISU

175

La casa nella foresta

Illustrazioni di PIKKA
Versione sceneggiata di SILVERIO PISU

199

L'acciarino magico

Illustrazioni di PIKKA
Versione sceneggiata di SILVERIO PISU

223

Alì Babà e i quaranta ladroni

Illustrazioni di FERRI
Versione sceneggiata di SILVERIO PISU

*A mille ce n'è
nel mio cuore di fiabe da narrar.
Venite con me,
nel mio mondo fatato per sognar.
Non serve l'ombrello,
il cappottino rosso o la cartella bella
per venir con me...
Basta un po' di fantasia e di bontà.*

In una città della Persia vivevano due fratelli. Uno si chiamava...

CASSIM – Cassim! E ho sposato una donna molto ricca!

L'altro si chiamava...

ALI' BABA' – Alì Babà... e ho sposato una donna povera come me. Faccio il taglialegna e vivo del mio umile lavoro.

Un giorno, mentre Alì Babà era in un bosco a raccogliere legna

con i suoi tre muli, udì, in lontananza,
il fragore di molti cavalli in corsa.

ALI' BABA' – Mamma mia! Questi sono certo
ladroni! Mi arrampico su un albero, altrimenti,
se mi vedono, sono perduto!

E Alì Babà, dall'alto dell'albero, vide che ben
quaranta ladroni, il cui capo era un uomo dall'aria
feroce, si fermavano proprio lì vicino,
davanti alla parete della montagna.
Il capobanda, che si chiamava Mustafà,
scese da cavallo e si accostò

alla parete rocciosa, dicendo...

MUSTAFÀ – Sèsamo... apriti!

A queste parole, come per
incanto, nel fianco della
montagna si aprì una porta,
e tutti e quaranta
i ladroni la oltrepassarono.

Dopo un poco i ladroni ricomparvero, e il loro capo ordinò...

MUSTAFA' – Sèsamo... chiuditi!

La porta si richiuse, e tutto tornò come prima.
Alì Babà aspettò che i ladroni si fossero allontanati poi, sceso dall'albero, si avvicinò incuriosito alla montagna e ripeté...

ALI' BABA' – Sèsamo... apriti!

La porta si aprì, il tagliaegna entrò nella spelonca e che cosa vide?...
Mucchi d'oro, vasellame prezioso, monete, tappeti, gioielli...

ALÌ BABÀ — Guarda, guarda! Chi l'avrebbe detto? Quante ricchezze!... Quei ladroni hanno radunato qui tutto il loro bottino. E pensare che io sono così povero...

Credo che nessuno ne soffrirà se prenderò qualcosa!...

E Alì Babà caricò i suoi tre muli, poi...

ALI' BABA' – Sèsamo... chiuditi!

La porta si richiuse, ed egli si allontanò soddisfatto.
La moglie di Alì Babà, una volta che il marito fu a casa, corse dalla cognata

a farsi prestare un
recipiente che serviva per
misurare il grano.
Lo avrebbe usato
per sapere quanto era l'oro
che il marito aveva
portato a casa.
La moglie di Cassim
glielo diede... ma, curiosa di
conoscere che cosa
doveva misurare la cognata,
cosparse il fondo del
recipiente
con un po' di grasso.

Né Alì Babà né la moglie si accorsero dello stratagemma, tanto erano intenti a misurare tutto quell'oro;
e così, sul fondo del recipiente, quando questo fu restituito, restò appiccicata una bella moneta.

COGNATA – Ah! Tuo fratello doveva misurare addirittura delle monete d'oro... Guarda, Cassim!

Cassim – Come?! Oro!... Andrò subito da Alì Babà e mi farò dire come fa ad avere dell'oro, lui che non è che un misero taglialegna!

Alì Babà, che era veramente buono, svelò tutto al fratello.
Questi partì di gran carriera, con casse e muli, verso la montagna dei ladroni e, appena arrivato, non ci pensò due volte e disse...

Cassim – Sèsamo ... apriti!

Quindi entrò nella spelonca.

CASSIM – Per la barba del sultano! Qui sono ammucchiate tutte le ricchezze dell'Oriente! Però... chi avrebbe mai detto che mio fratello potesse conoscere simili posti... Bene, bene... Prenderò un po' di questo, e di questo... anche quello... e poi...

Insomma, continuò ad ammassare oggetti preziosi davanti all'ingresso della grotta, per portarseli a casa, ma quando, a malincuore, decise di andarsene...

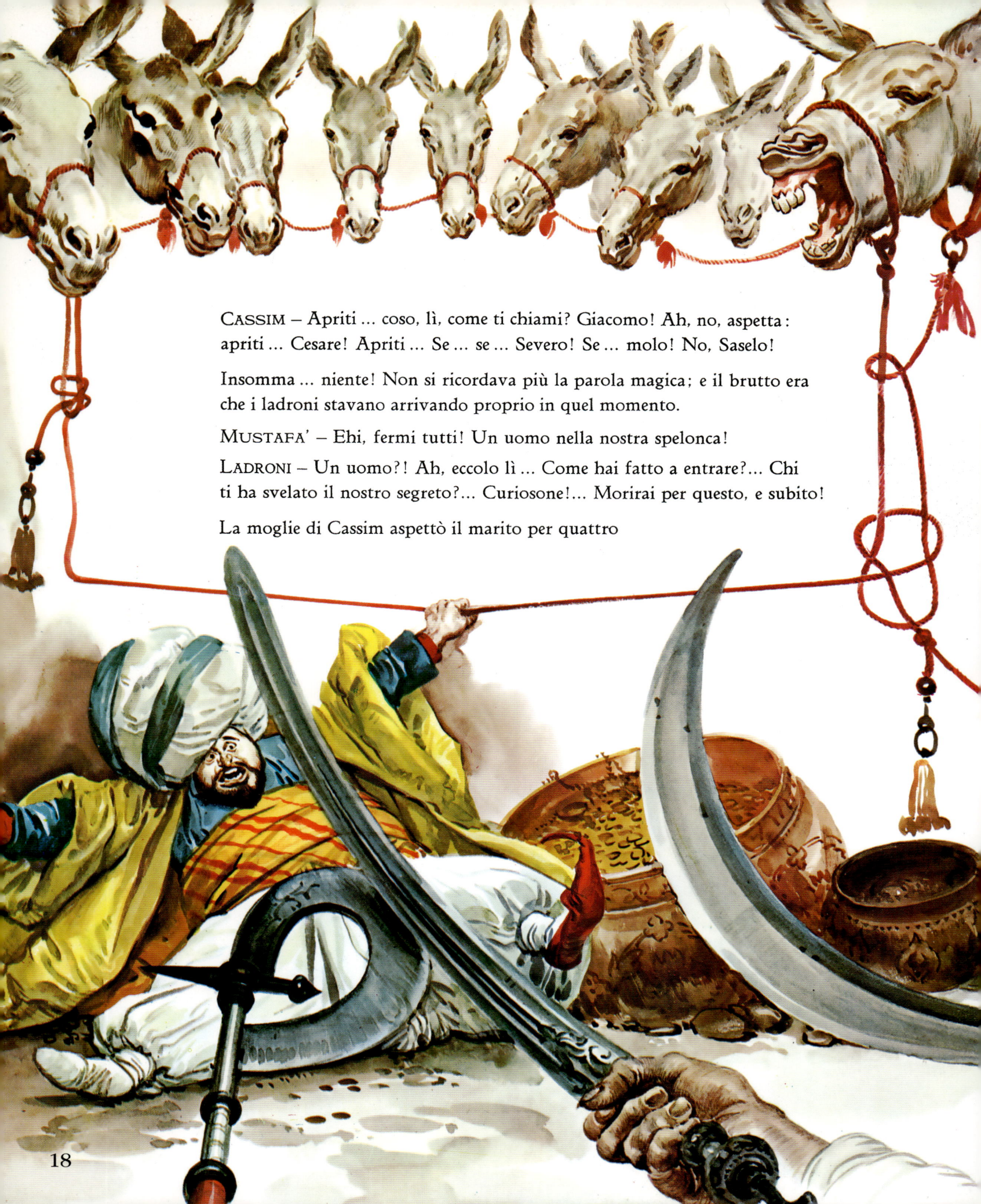

CASSIM – Apriti ... coso, lì, come ti chiami? Giacomo! Ah, no, aspetta: apriti ... Cesare! Apriti ... Se ... se ... Severo! Se ... molo! No, Saselo!

Insomma ... niente! Non si ricordava più la parola magica; e il brutto era che i ladroni stavano arrivando proprio in quel momento.

MUSTAFA' – Ehi, fermi tutti! Un uomo nella nostra spelonca!

LADRONI – Un uomo?! Ah, eccolo lì ... Come hai fatto a entrare?... Chi ti ha svelato il nostro segreto?... Curiosone!... Morirai per questo, e subito!

La moglie di Cassim aspettò il marito per quattro

giorni e per quattro notti; poi, preoccupata, andò da Alì Babà.

COGNATA – Cognato mio, ti scongiuro, va' a vedere che cosa è successo al mio povero marito! Sono quattro giorni che l'aspetto. Sai, si è recato a quella grotta e ...

Alì Babà non volle rifiutare il suo aiuto. Andò alla spelonca e si rese subito conto dell'accaduto, vedendo il fratello morto. Allora prese il corpo di Cassim, lo avvolse in un prezioso tappeto e lo trasportò fino alla casa della cognata.

ALI' BABA' – Eh, sì, cognata mia ... ha fatto una brutta fine ... Ma nessuno

deve sapere come è morto, perché i quaranta ladroni potrebbero vendicarsi anche su di te e ucciderti, per timore che anche tu sappia la loro formula magica, quella che apre la grotta.

Cognata – Oh, povera me! Farò tutto quello che vuoi, Alì, tutto quello che vuoi...

Alì Babà – Tu devi solo tenere la bocca chiusa... Mi metterò d'accordo con Morgiana, che è una ragazza sveglia... Morgiana!...

Morgiana – Eccomi, cognato della mia padrona! Per servirti.

Alì Babà – So che non ami i pettegolezzi, ma è necessario che tu sparga la voce che il tuo padrone, Cassim, sta molto male.
Fatti vedere a comperare medicine, mostrati addolorata...

poi, fra tre giorni, annuncia a tutti che il tuo padrone è morto,
di morte naturale, s'intende, di polmonite, di quello che vuoi tu, ma
non dire a nessuno che è stato ucciso. Mi raccomando.

MORGIANA – Non ti preoccupare, signore, so ben io come agire ... Il sarto,
però, dovrà pur venire a confezionare il vestito
al padrone e vedrà che è morto pugnalato ... Ah! Sai cosa farò?
Porterò qui quel brav'uomo con gli occhi bendati, in modo
che non possa riconoscere né la strada, né la casa!
Finito il lavoro, lo condurrò alla sua bottega nella stessa maniera.

ALÌ BABÀ – Brava, Morgiana! L'ho sempre detto, io, che sei una ragazza
sveglia! Allora, d'accordo ...

In effetti tutto andò come previsto, ma ... non tutte le ciambelle riescono col
buco. Dovete sapere che i ladroni quando tornarono alla loro grotta ...

Primo ladrone – Ehi! Chi ha spostato il corpo dell'uomo che abbiamo ucciso? Non è qui!

Secondo ladrone – E dove sarà andato? Sei sicuro che fosse proprio lì?

Primo ladrone – Altro che... Per tutte le barbe!...

Secondo ladrone – Io non l'ho preso...

Mustafá – Insomma, basta! Dov'è il corpo di quell'uomo?!

Primo ladrone – Ma, capo... non siamo più tornati qui da quel famoso giorno...

Mustafá – Allora la faccenda è grave. Voi non lo avete toccato e qui non c'è... Di sicuro è venuto qualcuno e se lo è portato via! Questo significa che quell'uomo non era il solo a conoscere il nostro segreto!...

PRIMO LADRONE — Senti, capo... adesso mi travesto e vado a raccogliere notizie in città: che ne dici?

E il ladrone, entrato in città, incontrò proprio il sarto, che gli raccontò dello strano trattamento subìto per andare a confezionare l'abito di un morto. Per di più il vecchio sarto si lasciò convincere a farsi di nuovo bendare e...

SARTO — Di qua... no, mi pareva più a sinistra... ecco! E poi... ecco, sì... e poi di qua... e poi a destra... ecco qui...

Così venne ricostruito il percorso, e il ladrone ebbe la possibilità di fare una bella croce col gesso sulla porta della casa di Cassim, dove ora abitava anche Alì Babà con la moglie e i figli, per non lasciare la povera vedova sola. Per fortuna, al mattino, Morgiana si accorse del segno bianco...

MORGIANA – Questo segno bianco devono averlo fatto i ladroni...
Bisognerà correre ai ripari...

E, zitta zitta, andò a segnare tutte le porte delle case della città.
Così, quando arrivarono i ladroni, non riuscirono a trovare
la porta giusta. Pochi giorni dopo, un secondo ladrone
fece una croce rossa sulla porta della casa di Cassim; ma Morgiana
si affrettò a segnare con la stessa croce
tutte le porte della città... e, quando arrivarono i ladroni...

LADRONI – Ecco la porta... no, è quella là... Non scherzate, ragazzi,
la croce è qui!... Ma anche su questa porta... e su questa!
Perché, questo segno rosso, secondo voi, non è una croce?

Insomma, i ladroni non si raccapezzavano più. Allora il capo decise di agire di persona e, quando il sarto lo condusse davanti alla porta di Cassim, egli la guardò tanto bene da poterla riconoscere poi senza esitazione. Quindi tornò alla caverna ed espose il suo piano ai ladroni...

MUSTAFA' – Domani andrete a comperare venti muli e quaranta otri. Uno sarà pieno di olio, gli altri trentanove...

LADRONE – Gli altri trentanove?

MUSTAFA' – Negli altri trentanove ci sarete voi! Io fingerò di essere un mercante d'olio e mi recherò alla casa di Alì Babà. Voi resterete chiusi in cortile fino a tarda notte, poi verrò a liberarvi, e insieme uccideremo tutti gli abitanti della casa. Così, finalmente, potremo stare tranquilli!

Il giorno dopo, verso sera, Mustafà, travestito da mercante e seguito dai venti muli con i quaranta otri, arrivò davanti alla casa di Alì Babà.

MUSTAFÀ – Ehi! Di casa! Sono un mercante d'olio; ne ho qui quaranta otri pieni. Vi interesserebbe l'affare?

ALÌ BABÀ – Entra, mercante... parliamone a cena.
Metti pure i tuoi muli con l'olio nel mio cortile!

Il capo dei ladroni, sorridendo sotto i baffi, se ne andò a cena con Alì Babà.
Tra una chiacchiera e l'altra, si fece tardi, e Morgiana,
visto che le lampade a olio stavano per spegnersi, pensò bene di scendere in cortile e attingere un po' d'olio da uno dei quaranta otri del mercante...
Ma si era appena avvicinata a uno degli otri che udì una voce soffocata...

LADRONE – Capo ... allora, li ammazziamo?

Morgiana rimase titubante solo per un attimo, poi rispose, cercando di imitare la voce del falso mercante ...

MORGIANA – Non ancora ... tra poco!

La furba fanciulla non tardò a rendersi conto che in trentanove dei quaranta otri dovevano esserci trentanove ladroni, che il quarantesimo ladrone stava tranquillamente cenando
col suo padrone Alì Babà, e che il quarantesimo
otre era il solo che contenesse effettivamente olio. Morgiana prese quest'ultimo otre, fece scaldare in un bel pentolone tutto l'olio in esso contenuto, poi scese in cortile

e versò il liquido bollente in ognuno dei trentanove otri...

MORGIANA – Così, brutti ladroni, non potrete più
fare del male a nessuno!

Subito dopo andò a vestirsi per la danza. Nascose fra i veli dell'abito un pugnale, quindi si recò nel salone del banchetto e cominciò a danzare...
Mustafà la guardava ammirato.

MUSTAFA' – Ah, la tua schiava danza in modo splendido!
Non è certo meno abile delle danzatrici del sultano...
Bene, brava, Morgiana!

Ma, quando la danza stava per finire, la schiava si avvicinò a Mustafà e, con il pugnale, lo uccise.

ALI' BABA' – Morgiana, che hai fatto? Perché hai ucciso questo povero mercante?

MORGIANA – Ti ho salvato la vita, padrone mio! La tua e quella della tua famiglia.

E Morgiana spiegò al padrone tutto quello che aveva fatto a sua insaputa. Alì Babà, per dimostrare la sua riconoscenza alla schiava fedele, volle darla in moglie al proprio figlio primogenito, e tutti, da allora, vissero felici e contenti nella più grande agiatezza.

*Finisce così
questa favola breve e se ne va...
Ma aspettate, e un'altra ne avrete.
«C'era una volta...» il cantafiabe dirà
e un'altra favola comincerà!*

Illustrazioni di LIMA
Versione sceneggiata di SILVERIO PISU

Cigno, appiccica!

A mille ce n'è
nel mio cuore di fiabe da narrar.
Venite con me,
nel mio mondo fatato per sognar...
Non serve l'ombrello,
il cappottino rosso o la cartella bella
per venir con me...
Basta un po' di fantasia e di bontà.

C'era una volta un ragazzo molto buono e molto povero. Si chiamava Goffredo. Non aveva nemmeno un soldo per comprarsi un gelato, e per questo tutti i ragazzi del villaggio dove abitava lo pigliavano in giro. Avrei voluto vedere loro nei panni del povero Goffredo!
I suoi due fratelli lo costringevano ad andare ogni giorno a raccogliere legna nei boschi, e guai se le fascine erano poche!...
Cari bambini, voi credete che sia divertente far legna? Niente affatto. Ci si stanca molto, e vengono certe bolle alle mani! Vero, Goffredo?

GOFFREDO – Il bosco è molto bello e a primavera gli uccellini lo rallegrano. Ma per me, che ci vado tutti i giorni a faticare, non è divertente!

Una mattina in cui Goffredo era più sconsolato del solito, nel bosco incontrò una vecchina...

VECCHINA – Povero Goffredo, nessuno si prende cura di te... Perché non te ne vai?

GOFFREDO – E dove, buona vecchina? Non ho neppure una bicicletta...

VECCHINA – Non importa se non hai la bicicletta; puoi andare a piedi, piano piano. I tuoi zoccoli non sono certo veloci, ma ti porteranno in cerca di fortuna.

Goffredo stette un po' a pensare alle parole della vecchina, poi si caricò sulle spalle e portò a casa la fascina che aveva raccolto. Sarebbe stata l'ultima.

GOFFREDO

Basta!
Sono deciso e persuaso,
portar fascine non voglio più.
Da domani si cambia vita,
voglio proprio farla finita;
me ne vado dal paese domattina
e ci faccio sopra anche una fischiatina!

Il mattino dopo, infatti, Goffredo partì di buon passo. Si fermò un momento a guardare per l'ultima volta il paesello dove aveva passato la sua fanciullezza, e via!...
Per dove? Ci avrebbe pensato più tardi; in quel momento non aveva le idee chiare. Strada facendo, incontrò la vecchina del giorno precedente.

VECCHINA – Sono contenta, Goffredo, che ti sia deciso.

GOFFREDO – Già, proprio così.

VECCHINA – Hai fatto bene. Adesso ti dirò io che cosa devi fare.
Conosci il pero, quello della filastrocca?

GOFFREDO – Il pero?... Ah, quello: «Pero melo dimmi il vero, non mi dire una bugia, bada bene che ci sia»?

VECCHINA – Proprio quel pero lì.
Recati nel campo dove cresce la pianta e vedrai che ai piedi del «pero melo dimmi il vero» ci sarà un uomo che dorme, e accanto, legato all'albero, un bel cigno. Tu lascia dormire l'uomo, prendi il cigno e scappa.

Il cigno è fatato. Se qualcuno lo tocca, e tu dici:
« Cigno, appiccica! » il malcapitato resta appiccicato al cigno.

GOFFREDO – Che ridere!

VECCHINA – Appunto! Quando avrai catturato un buon numero di
persone, vai verso la capitale del regno: la figlia
del re non ride da una decina di anni, tanto che i cittadini
l'hanno soprannominata « la musona ».
Se non riderà, vedendo il corteo di persone appiccicate al tuo
cigno, credo proprio che non riderà mai più in tutta
la sua vita.

GOFFREDO – Vedrò se riuscirò a far ridere la principessa.

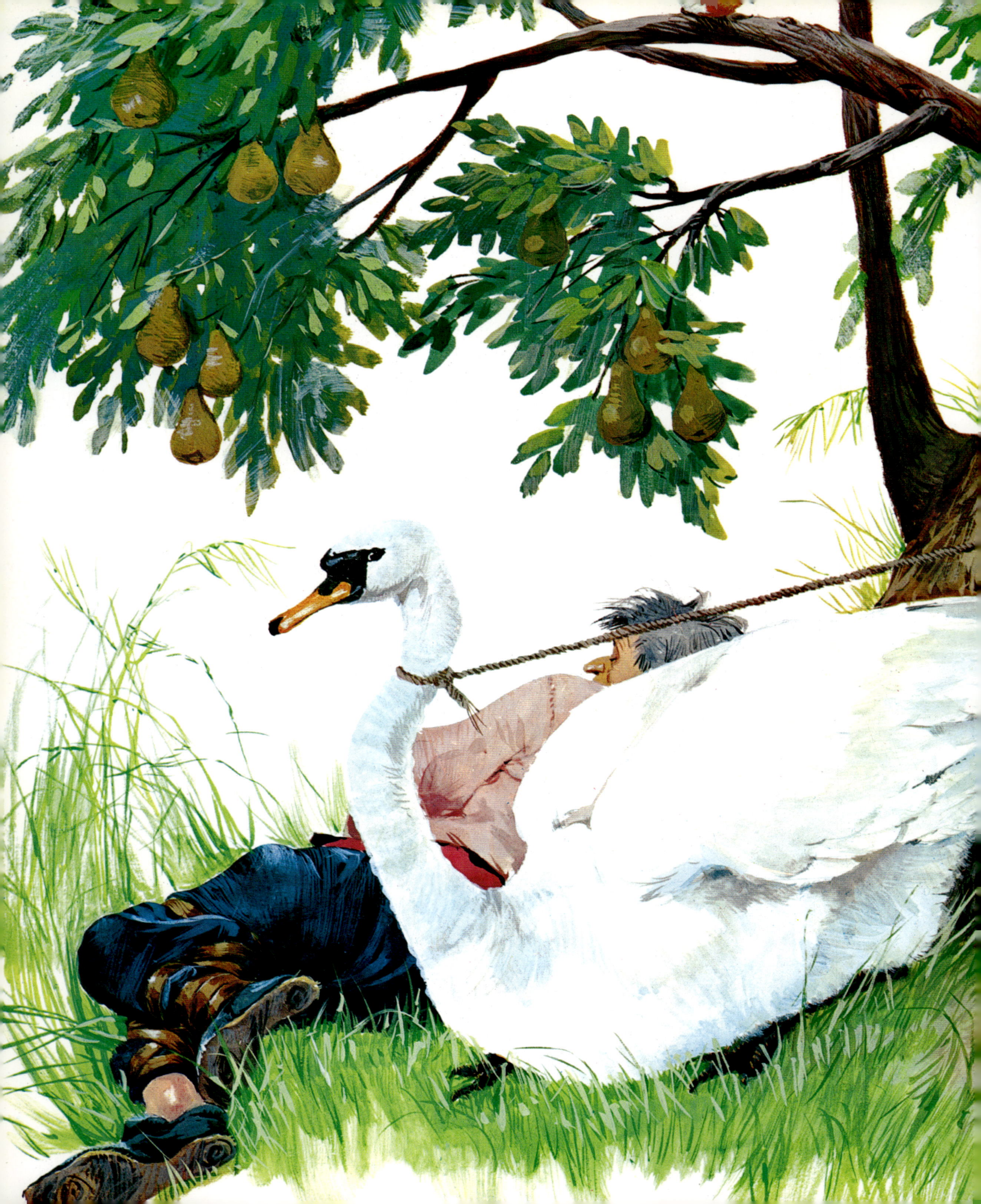

VECCHINA — Un'ultima cosa: una volta che la principessa avrà riso, tocca le persone appiccicate al cigno con questa bacchetta magica, ed esse saranno libere.

GOFFREDO — Bene. Grazie, vecchina!

Goffredo riprese il cammino e presto arrivò al pero. Zitto zitto, sciolse il cigno e se ne andò. Poco dopo passò davanti a una casa in costruzione, e un manovale volle accarezzare il cigno, che era molto bello.

MANOVALE – Che bel cigno! Posso fargli una carezza?

GOFFREDO – Certo.

MANOVALE – Vieni qui, cigno, mio mio mio...

GOFFREDO – Cigno, appiccica!

E il manovale, con la faccia ancora sporca di gesso, restò appiccicato.

MANOVALE – Aiuto! Non posso più staccarmi! Tiratemi via!

CATERINA – Uh, che ridere! Manovale, che fai attaccato a quel cigno?

MANOVALE – Ciao, Caterina... invece di star lì a ridere, prendimi per la mano e cerca di liberarmi!...

La ragazza toccò la mano del manovale e anche lei restò appiccicata.
Goffredo riprese la sua marcia, mentre i due continuavano a contorcersi nel tentativo di liberarsi.

*Abbiamo catturato un manovale e Caterina,
e adesso il cigno-appiccica chi catturerà?*

Ed ecco arrivare uno spazzacamino,
nero come il carbone... Appena vide quella
buffa processione, cominciò a ridere...

SPAZZACAMINO – Ah! Ah! Che fai lì,
Caterina? Giochi al trenino?

CATERINA – Oh, spazzacamino,
vieni a liberarmi!

SPAZZACAMINO – Eccomi, eccomi... uno due e...

GOFFREDO – Cigno, appiccica!

E lo spazzacamino venne catturato.

Abbiamo catturato un manovale, Caterina e uno spazzacamino, e adesso il cigno-appiccica chi catturerà?

Goffredo e il suo seguito arrivarono

43

sulla piazza di un paese, dove si esibivano dei saltimbanchi. Un pagliaccio, vedendo la comitiva passare, si informò...

PAGLIACCIO – Ué, ué, ué, ma che succede? Spazzacamino, dove vai?

SPAZZACAMINO – È Caterina che mi tiene stretto e non mi lascia andare!

CATERINA – È questo manovale che mi tiene stretta e non mi lascia andare!

MANOVALE – È questo cigno che non mi lascia andare!

PAGLIACCIO – Adesso vi libero io... ecco qua...

GOFFREDO – Cigno, appiccica!

*Abbiamo catturato un manovale e Caterina,
uno spazzacamino e un pagliaccio col panciotto a pois,
e adesso il cigno-appiccica chi catturerà?*

Fra la gente che assisteva divertita alla scena, c'era proprio in prima fila un funzionario di stato, grosso e rotondo come una palla.

FUNZIONARIO – Fermi tutti! Sono un funzionario di stato! Qui c'è qualcosa che non funziona a dovere. Qui ci sono disordini, schiamazzi, e io non posso permetterli. Vi consegnerò tutti alla polizia!

E afferrò la giubba del pagliaccio.
Goffredo, allora, pronto...
GOFFREDO – Cigno, appiccica!

La moglie del funzionario, una perticona lunga e secca come una zitella inglese, si appese al braccio del grasso marito per liberarlo, ma rimase appiccicata anche lei!...

*Abbiamo catturato un manovale e Caterina,
uno spazzacamino e un pagliaccio col panciotto a pois,
un funzionario e la sua moglie secca,
e adesso il cigno-appiccica chi catturerà?*

Goffredo proseguì la sua strada, alla testa di quella catena che sembrava formata da un gruppo di matti, e giunse presto in vista della capitale. Ed ecco che sulla strada arriva

una magnifica carrozza, dalla quale si
affaccia una giovinetta molto graziosa, ma
con un viso tanto serio che vien voglia
di mettersi a piangere a guardarlo.
La fanciulla era talmente triste che aveva
fatto diventare tristi anche i servi
che l'accompagnavano. Quando la carrozza
giunse all'altezza dello strano corteo,
la giovinetta, che era proprio la figlia
del re, cominciò a ridere, ma
a ridere tanto che non la finiva più.

SERVI – La principessa ride! Evviva!
Ridiamo anche noi!
Una bella risata ci voleva! Evviva!

La principessa scese dalla carrozza per poter ridere meglio e, ogni volta che guardava lo strano corteo e i buffi contorcimenti che tutti facevano per liberarsi, scoppiava in una nuova risata.
Alla fine si rivolse a Goffredo...

PRINCIPESSA – Devi venire a corte con me! Voglio che mio padre veda questo spettacolo: è divertentissimo!

GOFFREDO – Chi è divertentissimo? Vostro padre?

PRINCIPESSA – Ah! Ah!... Che mattacchione! Andiamo, su!

Quando furono arrivati alla reggia, il re prese a ridere a crepapelle di fronte allo strano corteo, tanto che, data la sua età avanzata, il medico di corte cominciò a preoccuparsi per la sua salute...

MEDICO – Maestà, moderatevi. È pericoloso ridere tanto in una volta sola: non ci siete abituato...

Ma il re non se ne dava per inteso; poi, fra una risata e l'altra, disse a Goffredo...

RE – Ah! Ah! Senti un po',

mattacchione, sai quale ricompensa ti spetta per essere riuscito a far ridere mia figlia?

GOFFREDO – Vediamo... Un cavallo bianco?

RE – No, mille fiorini, o una bella tenuta, a scelta.

GOFFREDO – Scelgo la tenuta!... E adesso, maestà, preparatevi a fare un'altra bella risata. Tocco con questa bacchetta magica la moglie secca del funzionario... il funzionario... il pagliaccio... lo spazzacamino... Caterina... e il manovale!

*Abbiamo liberato un manovale e Caterina,
uno spazzacamino
e un pagliaccio col panciotto a pois,
un funzionario e la sua moglie secca,
e adesso il cigno-appiccica chi catturerà?*

Proprio così, il cigno sta per
catturare un'altra persona...
La principessa, sorridendo, gli si accosta...
ecco che tende la mano... lo tocca...

GOFFREDO – Cigno, appiccica!

E la principessa resta prigioniera.
Ma ecco che la fanciulla ride, parla...

PRINCIPESSA – Goffredo, non mi dispiace
d'essere stata catturata dal cigno...

Questo vuol dire che desideri
che io venga con te, nella
tua nuova tenuta. Bene, sia...
Chiederò al re mio padre
il consenso per le nozze...

Il re sorrise e fece un cenno
d'assenso. Allora Goffredo disse
con grande commozione...

GOFFREDO – Grazie, principessa!
Accetto di tutto cuore...
Subito dopo le nozze partiremo
per il nostro castello e
porteremo con noi la buona

vecchina, che ha fatto la mia
fortuna e alla quale devo
anche ridare la bacchetta
magica, non dimentichiamolo!

*Finisce così
questa favola breve e se ne va...
Ma aspettate, e un'altra ne avrete.
«C'era una volta...» il cantafiabe dirà
e un'altra favola comincerà!*

Cinque in un baccello

Illustrazioni di MICHELE
Versione sceneggiata di SILVERIO PISU

*A mille ce n'è
nel mio cuore di fiabe da narrar.
Venite con me,
nel mio mondo fatato per sognar...
Non serve l'ombrello,
il cappottino rosso o la cartella bella
per venir con me...
Basta un po' di fantasia e di bontà.*

Nello stesso baccello abitavano cinque piselli.
Si chiamavano: Pisin-pisello, Pisello-piso, Pisellotto, Pisel-pancione e Pisellino.
Erano tutti e cinque teneri e freschi e di un bel verde chiaro.
Anche il baccello era verde.

PISIN-PISELLO – Allora tutto il mondo è verde!

PISELLO-PISO – No, non dire sciocchezze!

PISELLOTTO – Ma se non vediamo altro che verde, significa che tutto è verde!

PISEL-PANCIONE – Invece di fare

della filosofia, cerca di tirarti un po' in là: io qui sto stretto.

Stavano bene i piselli, raccolti nel baccello!
Quando splendeva il sole, la scorza era chiara e lasciava passare un piacevole tepore; quando pioveva, diventava lucida e trasparente
e riparava i cinque fratellini. Durante il giorno essi vedevano tutto color verde chiaro, mentre di notte il verde scuro scuro del baccello sembrava fatto apposta per conciliare il sonno. Il baccello era proprio comodo... D'altra parte lo dice anche la canzone...

*Com'è bello, com'è bello
stare in cinque in un baccello!
Star seduti a ridacchiare,
mentre fuori c'è il temporale.
Di domenica o venerdì,
stare sempre seduti lì!*

Quella vita tranquilla faceva ingrassare i piselli giorno per giorno...

PISIN-PISELLO – Oggi sono ingrassato di almeno tre grammi!

PISELLO-PISO – Ho deciso: dalla prossima settimana andrò in palestra. La ginnastica è quello che ci vuole per questo po' po' di grasso.

PISELLOTTO – Secondo me, ingrassiamo perché beviamo troppo; se si provasse...

PISEL-PANCIONE – Bistecca e insalata, è l'unica dieta!

PISELLO-PISO – Bisognerebbe proprio fare qualcosa... se no va a finire che scoppia il baccello e scoppiamo noi!

PISIN-PISELLO – Senza contare che, a furia di stare qui seduti, diventiamo duri e vecchi.

Di chiacchiere se ne facevano tante, ma nessuno prendeva una decisione. Un mattino...

PISIN-PISELLO – To', il mondo è diventato giallo!

PISELLO-PISO – Fa' vedere... No!

È il nostro baccello che sta diventando giallo! È l'effetto delle stagioni!

PISELLOTTO – Le stagioni? Che cosa sono?

PISELLO-PISO – Prima eravamo verdi; adesso diventiamo gialli, ecco. Prima eravamo all'inizio dell'estate...

PISEL-PANCIONE – E adesso ci avviciniamo all'autunno, vero? Ma vallo a raccontare a qualcun altro!

PISELLO-PISO – Ma è così, ti assicuro!

PISEL-PANCIONE – Saresti anche capace di dire che dopo l'autunno viene l'inverno.

PISELLO-PISO – Esatto! Come fai a saperlo?

PISEL-PANCIONE – Ma dove vai a pescare queste storie?

E avanti a chiacchierare fitto fitto, fino a che...

PISELLI – Ehi là! Che è stato?... Ci hanno staccati dalla pianta! Evviva la libertà!... Rotoleremo per tutto il mondo!... Esagerato!

Era successo questo: il contadino aveva colto il baccello e se lo era messo in tasca. Più tardi lo diede al figlio, che subito lo aprì e...

RAGAZZO – Che bei piselli! Grazie, papà... Questi sì che vanno bene! Così duri, saranno delle ottime munizioni per il mio piccolo cannone.

Il ragazzo prese uno dei cinque piselli e lo mise nella bocca del cannone.

PISIN-PISELLO – Addio, fratelli! Vado alla conquista del mondo!
Mi segua chi può!

E il ragazzo lo sparò fuori dalla finestra. Poi prese un secondo pisello.

PISELLO-PISO – Vedrò di volare dritto verso il sole. Ho una mia teoria che vorrei controllare. Il sole è un astro o è un pisellone? Al mio ritorno scriverò un saggio sull'argomento e lo pubblicheranno...

E, mentre Pisello-piso stava ancora parlando, *pum*! Venne spedito fuori dalla finestra... Come? Volete sapere se ha raggiunto il sole? Certo che lo ha raggiunto! Non avete letto il trattato che ha scritto al suo ritorno? È interessante. Dimostra infatti che il sole è un grosso pisellone...

PISEL-PANCIONE e PISELLOTTO – Noi, prima di essere sparati... vogliamo fare un giretto!

E il terzo e il quarto pisello ruzzolarono allegramente giù dalla tavola. Ma il ragazzo si chinò, li raccolse e...

pim! pum!... Li sparò fuori tutti
e due dalla finestra.
Restava Pisellino, l'ultimo
dei cinque piselli, quello che
non parlava mai.

PISELLINO — Eccoci nella bocca
di un cannone...
Speriamo in bene
e prendiamola allegramente.
Accadrà... ciò che deve accadere!...

E *pum!* con un bellissimo
volo, l'ultimo pisello
venne lanciato fuori,

proprio in direzione della
finestra di una soffitta.
Arrivato sul vecchio davanzale
di legno, si infilò fra due assi,
e lì trovò un lieve strato di terriccio
e di muschio.
Il muschio lo coprì e gli
cantò una ninna-nanna...

Ninna-nanna, bel pisello,
dormi tranquillo
anche senza baccello.
I tuoi fratelli dove saran?
Saranno certo lontano lontan.
Dormi e riposa,
sogna e sta' zitto;
di buon terriccio
è fatto il tuo letto.
Sogna e riposa,

*dormi coperto,
ché molto lungo
a passare è l'inverno.*

Dovete sapere che, in quella soffitta, abitava una povera vedova, che aveva una bambina debole e mingherlina, pallida, sempre stanca. La mamma andava a far faccende ovunque per guadagnare qualche soldo e comprarle medicine.

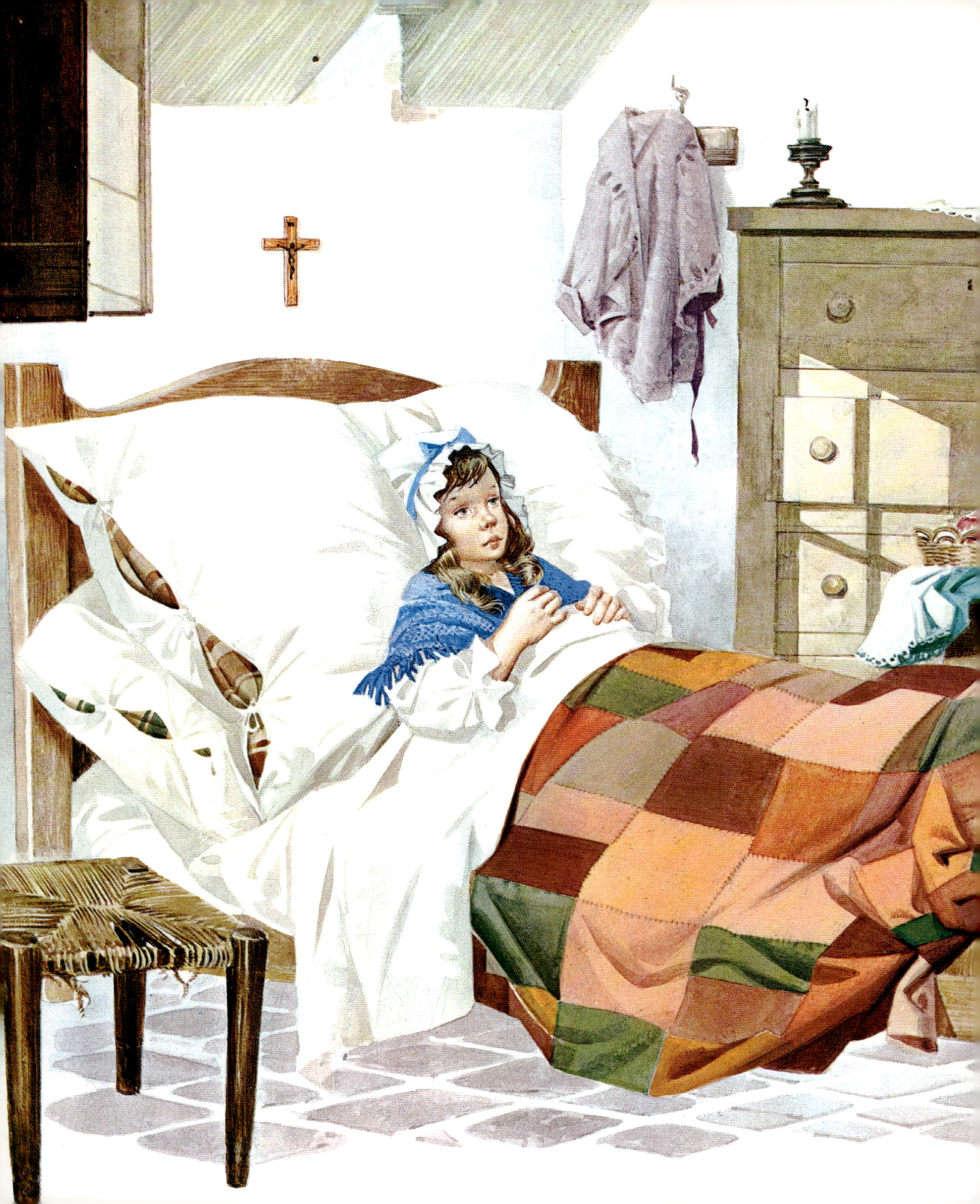

La piccina non aveva una malattia specifica...
sembrava che non avesse la forza di vivere, che le mancasse
la voglia. Se le dicevano: « Ecco la palla! Presto, prendila! »
la bambina sorrideva dolcemente, e bastavano due passi
fatti di corsa per farle venire l'affanno e costringerla al riposo.
Poi un giorno la malatina non ebbe più la forza di alzarsi
e rimase, quieta e rassegnata, a letto.
E ogni giorno diveniva più pallida, ogni giorno più spenta.
Giunse la primavera,
e con essa il sole, che andò a svegliare il pisello sul davanzale.

SOLE – Sveglia! Sveglia, pigrone! Salta dal letto e affonda le radici!
Entro una settimana voglio vedere la prima fogliolina spuntare
sul davanzale, intesi?
Sei simpatico, sai? Ti terrò d'occhio! Arrivederci!...

E il pisello cominciò a darsi da fare. Presto le radici furono sistemate,
ed esso poté dedicarsi completamente a spingere la gracile
piantina attraverso il terriccio. Un giorno la malatina...

MALATINA – Mamma! Che cos'è quel verde che spunta oltre il davanzale?

MAMMA – Verde? Ma guarda un po' dove ha deciso di crescere questa pianta di piselli! Ora la strappo ...

MALATINA – No, lasciala vivere ... mi terrà compagnia.

Avreste dovuto vedere come cresceva quella pianticella! Non per niente a spingerla da sotto c'era Pisellino che, modestia a parte, sapeva il fatto suo.

Lo strano era che a mano a mano che la pianticella cresceva, la malatina riprendeva colore, e i suoi occhi, quando guardavano il pisello, risplendevano di una luce nuova.
Il sole si affacciava tutti i giorni alla finestrella.

SOLE – Allora, come andiamo oggi? Ah, bene, bene, Pisellino... altre due foglioline e un viticcio.
E tu, malatina, un po' più di colore su quelle guance! Un giorno o l'altro vengo lì e ti brucio la punta del naso!

La malatina rideva... e, senza accorgersene, stava guarendo!

MALATINA – Mamma! Mi sembra di poter guarire... Il pisello cresce, e se continuerà a crescere guarirò, ne sono sicura; mi alzerò dal letto e andrò a giocare con gli altri bambini. Tutto dipende dal pisello...

Da quel giorno il pisello divenne il centro delle attenzioni della povera mamma.
Veniva innaffiato, riparato dal vento,
tenuto su con un bastoncino... e la malatina, dal suo letto,

73

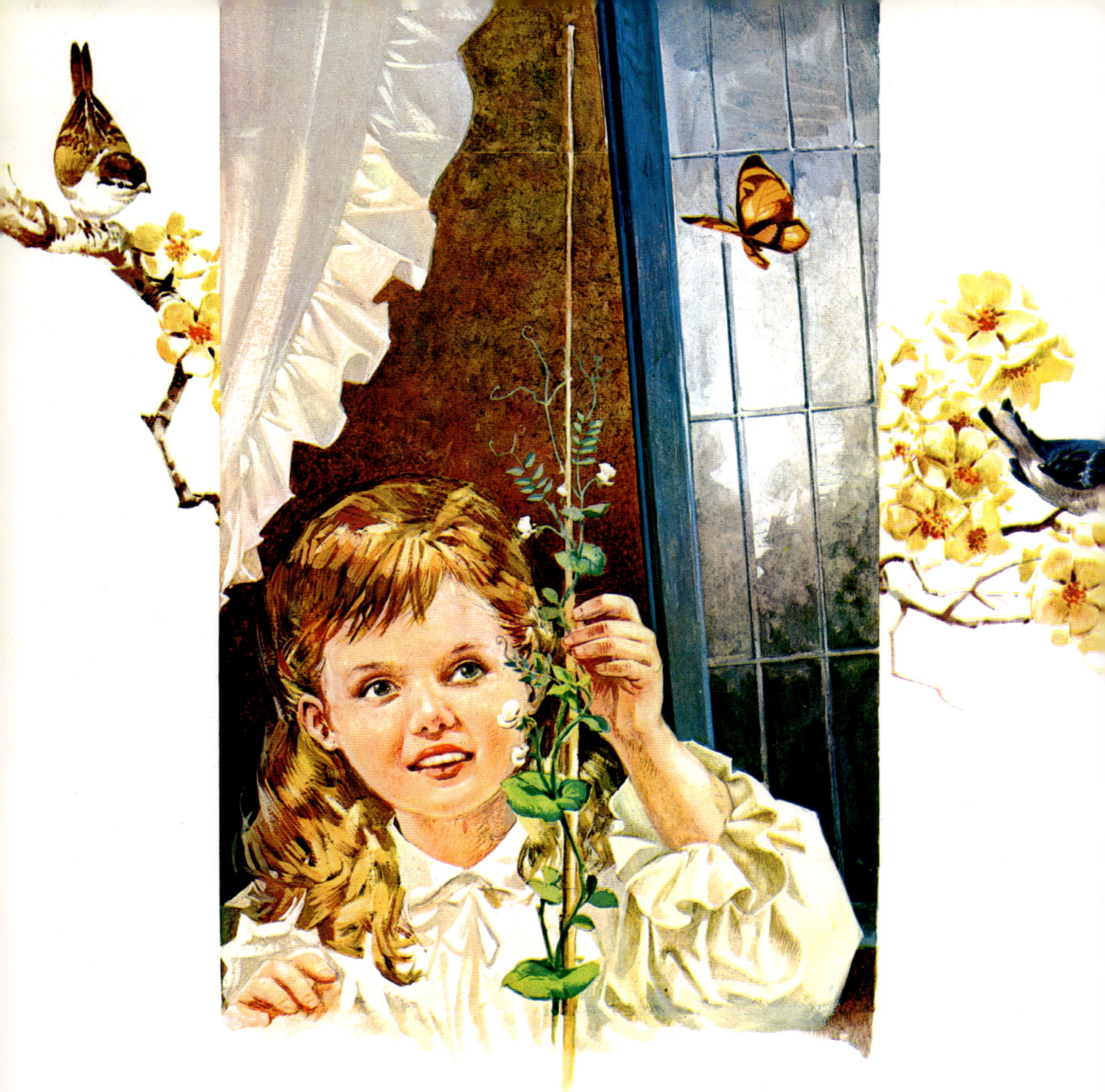

guardava e sorrideva.
Un giorno la mamma, tornando a casa,
la vide a piedi nudi
accanto alla finestra, che
accarezzava le foglie della piantina.
Era guarita.
E gli altri piselli?

Pisin-pisello
finì in bocca a un uccello.
Pisello-piso
con tutta la sua scienza fu deriso.

*Pisellotto, sfortunato,
da un falco fu mangiato.
Pisel-pancione ruzzolò
e in una pozzanghera piombò.*

PISEL-PANCIONE – Evviva! Evviva! Mi darò al nuoto! Così mi andrà giù la pancia! Oh, buon giorno, farfalla! Si sta bene qui, eh?!

Pisel-pancione non si rendeva conto che, da quell'acqua sporca, nessuno lo avrebbe più raccolto. Già! Chi più, chi meno, i quattro piselli non finirono bene. E sapete

perché? Perché erano egoisti e vanesi. Sempre a parlare di cure dimagranti, di problemi scientifici astrusi... si credevano molto importanti e avevano perso il senso delle proporzioni. In fondo un pisello è sempre un pisello, non vi pare? Invece Pisellino, che parlava poco, fu premiato per la costanza e l'impegno che aveva messo nel crescere.
Ora una bella bambina accarezzava le verdi foglioline che con tanta fatica lui aveva fatto spuntare.
Il pisello era felice: felice della sua piantina e felice di aver aiutato a guarire la piccola malata.

*Finisce così
questa favola breve e se ne va...
Ma aspettate, e un'altra ne avrete.
«C'era una volta...» il cantafiabe dirà
e un'altra favola comincerà!*

I fiori della piccola Ida

Illustrazioni di MAX
Versione sceneggiata di SILVERIO PISU

A mille ce n'è
nel mio cuore di fiabe da narrar.
Venite con me,
nel mio mondo fatato per sognar...
Non serve l'ombrello,
il cappottino rosso o la cartella bella
per venir con me...
Basta un po' di fantasia e di bontà.

IDA – I miei poveri fiori sono tutti appassiti! Devono essere molto ammalati...

RICCARDO – Altro che malati, Ida. I tuoi fiori questa notte si sono dati alla pazza gioia! Non mi meraviglierebbe venire a sapere che sono andati al ballo!

IDA – Ma che cosa dici, Riccardo? I fiori non sanno ballare!

RICCARDO – Lo dici tu: quasi tutte le notti si riuniscono nel vecchio castello del re e organizzano balli e feste.

IDA – Dici davvero?

Come mi piacerebbe essere invitata!

RICCARDO – Non è possibile: i bambini non sono ammessi... E poi i fiori stanno bene per conto loro; se vedono qualcuno che li guarda, diventano timidi e non si muovono nemmeno.
Hai mai visto un fiore ballare?

IDA – No.

RICCARDO – Appunto! Finché stai a guardarli... niente!

IDA – Ma tu come mai conosci tutte queste cose sui fiori?

RICCARDO – Una notte, quest'estate, ho sbirciato
da una finestra del castello del re e ho visto
le due rose più belle, con in testa due coroncine d'oro, che
chiacchieravano sul divano del grande salone, e tutti
gli altri fiori che si inchinavano e sorridevano...
E poi hanno cominciato a ballare...

IDA – Non è vero niente! Non ci credo! Tu vai a letto
prestissimo: come puoi aver visto tutte queste cose?
Mi stai raccontando un mucchio di bugie!

RICCARDO – E allora non ti dirò più niente!

IDA – No! Raccontami ancora dei fiori, ti prego!

RICCARDO – Ma se dici che sono un bugiardo...

IDA – Non lo dirò più; racconta...

RICCARDO – Allora, come dicevo... devi sapere che quasi nessuno sa che i fiori vanno a ballare nel vecchio castello del re... D'altra parte essi stanno molto attenti a non farsi sorprendere dal guardiano, che è un vecchietto con un gran mazzo di chiavi. I fiori lo sentono arrivare da lontano, e allora si nascondono e stanno zitti; e poi, quando se n'è andato, si fanno una bella risata e ricominciano la baldoria.

IDA – Una cosa non capisco: come fanno i fiori a recarsi al ballo? Non hanno nemmeno le gambe!

RICCARDO – Come?... Ah, già, vediamo... certo! Vanno al ballo volando!

IDA – Sono capaci di volare i fiori?

RICCARDO – Sicuro! Hai presente le farfalle? Bene, le farfalle non sono altro che fiori che hanno preso il brevetto di pilota, e quindi hanno avuto il permesso di volare anche di giorno. Tutti i fiori volano, di notte; ma, il mattino, solo i più bravi possono fare a meno di posarsi di nuovo sul loro gambo e passare la giornata a farsi annusare.

IDA – Dici davvero? Le belle farfalle colorate in origine erano fiori?

RICCARDO – Proprio così. E non è da escludere che, un giorno o l'altro, i tuoi fiori facciano l'esame e vengano promossi farfalle. Certo debbono rispondere a molte domande, e potrebbero essere bocciati.

IDA – Ma i fiori non parlano; come fanno a rispondere alle domande, a discorrere tra loro?

RICCARDO – Ho una risposta per tutto! I fiori non parlano, è vero, ma sono molto bravi a fare i mimi. Non hai mai visto che, quando c'è vento, agitano i petali, chinano il gambo e si fanno cenni di saluto? Poi, la notte, acquistano l'uso della parola.

IDA – Ma, insomma, tu come fai a sapere tutte queste cose?

RICCARDO – Be'... me le racconta una fata che si chiama Fantasia.

IDA – Io a tutto quello che hai detto credo davvero, sai?

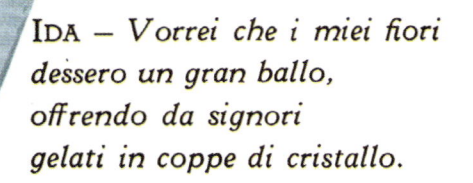

IDA – Vorrei che i miei fiori
dessero un gran ballo,
offrendo da signori
gelati in coppe di cristallo.

Vorrei che ciclamini
e non-ti-scordar-di-me
facessero l'inchino,
bevessero con grazia il loro tè.

Vorrei danzar con loro,
essere principessa,
coi miei capelli d'oro.

Io credo davvero
a quel che dici tu,
e questa notte spero
che i fiori ballino in tutù.

FRANCESCO – Ma Riccardo, hai visto? A furia di raccontarle le tue storie, quella sciocherella di Ida ha finito per crederci davvero!

RICCARDO – E che male c'è? Le ho inventate io, sono delle belle favole!

FRANCESCO – Già, e intanto guardala lì che non pensa ad altro che ai suoi fiori...
E poi sono storie da ragazzine...

IDA — I miei poveri fiori debbono
riposare per essere freschi
e arzilli per il ballo di questa
sera. Li metterò nel letto di
Sofia, la mia bambola... Speriamo
che Sofia non se ne abbia a male...
Ecco qua... guardali, poverini, si
sono addormentati subito!
Per questa volta Sofia dormirà
nel cassetto...

I fiori della piccola Ida si addormentarono subito, senza nemmeno augurarsi la buona notte...
D'altra parte non avrebbero dormito a lungo dato che, guarda caso, avevano invitato per quella notte
i fiori dei giardini pubblici a ballare a casa loro.
Avrebbero partecipato alla grande festa anche i fiori della mamma di Ida, che erano giacinti e tulipani d'alta classe e quindi avrebbero dato un tono molto *chic* al gran ballo.
Proprio in quel momento stavano chiacchierando fra loro nei vasi sul davanzale della finestra.

GIACINTO – Senti, Tuli-tulipano, che cosa metterai stasera per il ballo?

TULIPANO – Ho già trovato quel che fa per me, ma non te lo dico: sarà una sorpresa!

GIACINTO – È già tardi, e il sarto non mi ha ancora mandato il vestito...

TULIPANO – Zitto... la piccola Ida si avvicina!

IDA – Cari fiori della mamma, è inutile che facciate finta di niente, tanto so tutto! Questa sera ci sarà un ballo! Bene... divertitevi, e cercate di non fare molto tardi, come la scorsa notte. Ciao!

FIORI – Avete sentito?... Come fa a sapere che questa sera ci sarà il ballo?... Qualcuno ha fatto la spia...

Quella notte Ida stentò a addormentarsi, pensando che di lì a poco i suoi fiori avrebbero cominciato il ballo. Per riuscire a prendere sonno dovette addirittura ricorrere al trucco del dito in bocca, che non usava più da anni... Per fortuna la mamma non se ne accorse...

Dorme Ida
col pollice in bocca,
come i bambini
non devono mai far;
tutti sapete
che al dito in bocca
molto presto
si deve rinunciar.
Indovinate
che sogna
la bambina ...
I suoi fiori,
non è una novità!
Ma mezzanotte
rintocca ...
Ida toglie
il dito di bocca;
che cosa
l'ha fatta svegliar?
È una musica
in sordina,
forse vien

*dalla cantina;
no,
è molto più vicina.*

IDA – *Or mi alzo
dal mio letto,
vado zitta
nel salotto;
voglio proprio
un po' guardar,
senza i fiori
disturbar.*

Ida, piano piano, si affacciò alla porta del salotto e che cosa vide?... I fiori passeggiare, allegri e sorridenti, sui loro steli, mentre un meraviglioso giglio giallo, seduto al pianoforte, si sforzava di suonare un motivo americano.

FIORI – Bravo!... Vogliamo musica moderna! Jazz!... Qualche surf!... Io preferisco lo shake!

Insomma, la serata prometteva bene: tutti si divertivano, ballavano, chiacchieravano... Qualcuno aveva già bevuto un bicchierino di troppo...

Fiori – Cin! Cin!... Sapete come siamo fatti noi fiori... di giorno vogliamo essere innaffiati con acqua fresca... ma la sera preferiamo essere innaffiati con qualcosa un tantino più forte...

Era proprio una bella festa! Pensate che i fiori avevano anche scritturato
due ballerini solisti: una buffa bambolina e uno strano bastoncino di legno
con un fiocco rosso. I due erano specialisti in mazurche e, di lì a poco,
fecero una bella esibizione.
Il bastone pestava forte sul tavolo e ce la metteva tutta;
i giocattoli di Ida, schierati in prima fila, stavano a guardare.
Alla fine gli applausi furono scroscianti, tanto che fecero
svegliare i fiori della piccola Ida, che ancora dormivano.
Inutile dire che anche loro si unirono all'allegra compagnia.
Ed ecco che si sente un sommesso bussare.
Tutti si fermano di colpo, la musica tace.

FIORI – Chi è?... Non sarà per caso Ida che si è svegliata?...
Non mi pare... aspetta... Il rumore viene da quel
cassetto lassù... È vero, chi sarà?...
Speriamo che non sia un guastafeste!

SOFIA – Non sono un guastafeste: sono Sofia, la bambola!
E vorrei prendere parte anch'io al ballo!

FIORI – Ma certo!... Vieni giù, Sofia! Buttati!... Forza! Senza paura!... Uno, due e tre! Oplà!

Sofia si buttò giù dall'alto del cassetto e, per fortuna, essendo una bambola di pezza, non si fece male e si rialzò tutta arzilla.
I fiori la fecero ballare, e quelli di Ida la ringraziarono molto di aver loro ceduto il suo letto.

SOFIA – Potete continuare a riposare lì; a me non dà nessun fastidio dormire nel cassetto.

FIORI – Sei molto gentile, Sofia... ma questo è l'ultimo ballo per noi... Vedi come siamo già appassiti? Domani lo saremo ancora di più, e bisognerà che ci sotterrino...

SOFIA – Sotterrarvi? E perché mai? È una cosa molto triste...

FIORI – Non preoccuparti: se Ida avrà l'accortezza di sotterrarci in un pezzo di terra ben concimata... noi passeremo l'inverno lì sotto... e a primavera salteremo fuori più belli e vispi di prima, proprio come nuovi!... Ma adesso non pensiamo a queste cose, dobbiamo divertirci!... Musica...

Proprio in quel momento una porta si aprì e una folla di magnifici fiori entrò ballando.

Fiori — Eccoci qua!... Allegria!... Come va la festa?

Erano i fiori invitati, quelli dei giardini pubblici, e avevano portato con loro anche i fiori del giardino del re. Ida si sentì orgogliosa: capirete, non è da tutti ricevere nella propria casa i fiori del giardino del re! In testa al corteo camminavano due splendide rose, che avevano fra i petali due coroncine d'oro: erano il re e la regina.

Subito dopo venivano i graziosi garofani selvatici, che facevano grandi saluti a tutti. Un papavero continuava a soffiare in un baccello come in una trombetta di carnevale, facendo un baccano che non vi dico, e non la smetteva, anche se ormai era diventato tutto rosso per lo sforzo.
La festa continuò a lungo, fino all'alba, e la piccola Ida alla fine scivolò silenziosamente nel suo letto e si addormentò. Il mattino dopo...

IDA – Poveri fiorellini miei! Questa notte vi siete divertiti, ma adesso avete un aspetto ancora più appassito di ieri. Vi metterò in una bella scatola e, più tardi, quando verranno a trovarmi i miei cuginetti, mi farò aiutare da loro a sotterrarvi nel giardino, perché possiate rifiorire la prossima primavera. I fiori della piccola Ida ebbero un funerale solenne. I cuginetti portarono le loro piccole balestre e scortarono Ida, che reggeva mesta la scatola con i fiori morti.

IDA – Scaveremo la fossa proprio qui, nel punto più bello del giardino.

CUGINETTI – E noi, per solennizzare questo avvenimento, tireremo alcuni colpi di balestra.

E così finisce la storia dei fiori della piccola Ida, che si stancarono

tanto fra balli e feste, da morirne... Ma la bambina sapeva che con
la primavera essi sarebbero rinati e avrebbero ripreso le loro pantomime,
facendosi cenni di saluto l'un l'altro, per mettersi d'accordo
e vedersi ancora a qualche ballo notturno.

Finisce così
questa favola breve e se ne va...
se ne va...
Ma aspettate, e un'altra ne avrete.
« C'era una volta... » il cantafiabe dirà
e un'altra favola comincerà!

Giacomino e il fagiolo

Illustrazioni di MAX
Versione sceneggiata di SILVERIO PISU

*A mille ce n'è
nel mio cuore di fiabe da narrar.
Venite con me,
nel mio mondo fatato per sognar...
Non serve l'ombrello
il cappottino rosso o la cartella bella
per venir con me...
Basta un po' di fantasia e di bontà.*

In una casetta in mezzo a un praticello vivevano una mamma e il suo figliolo, che si chiamava Giacomino.
Un tempo erano stati molto ricchi ma poi, alla morte del babbo, si erano trovati poveri, poverissimi. Ora possedevano solo una mucca per il latte e qualche gallinella per le uova,

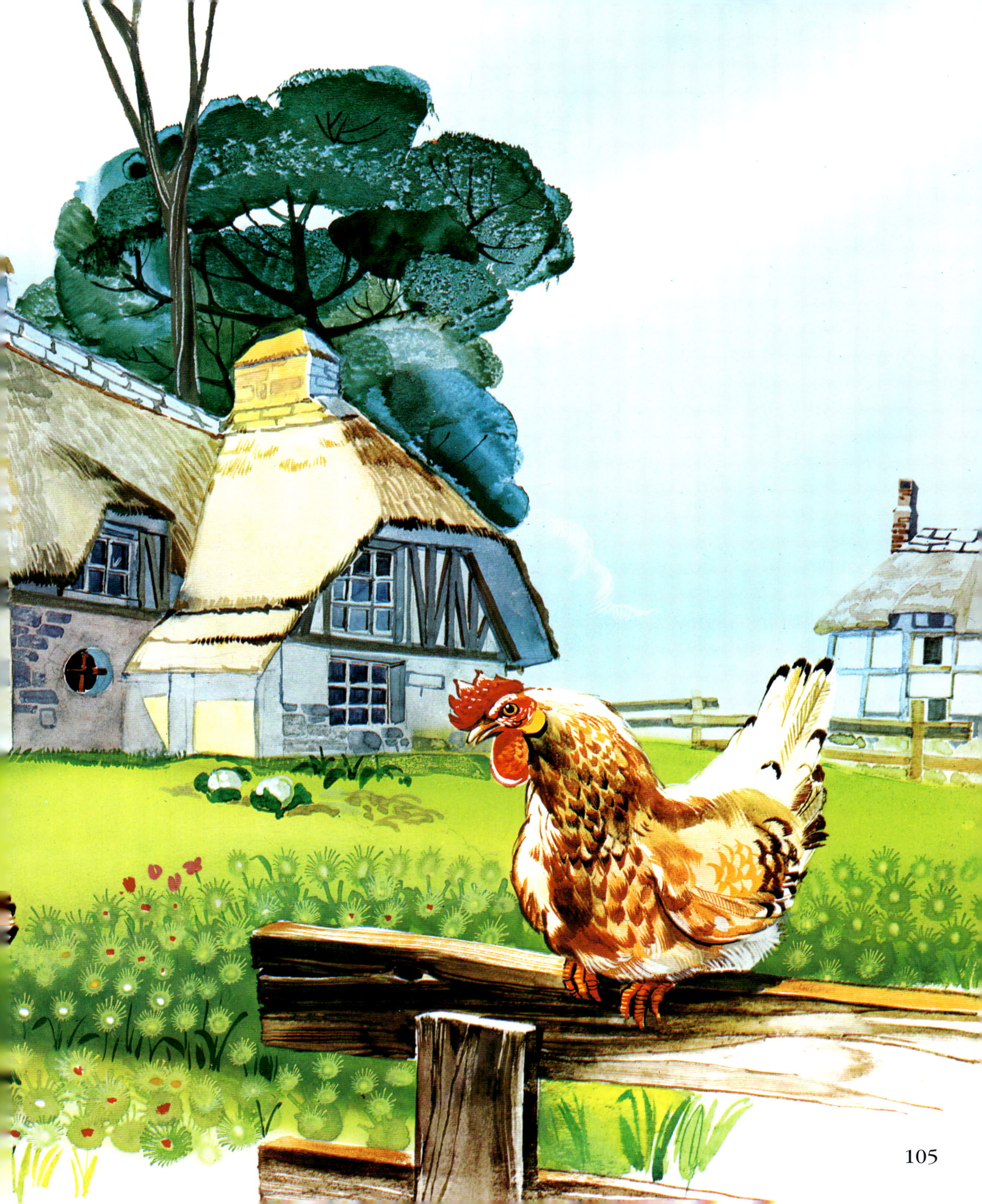

e tiravano avanti a stento. Poi la mamma di Giacomino
si ammalò e i soldi per le medicine non bastavano
mai; così un giorno la povera donna chiamò il figlio...

MAMMA – Giacomino, stammi a sentire: prendi la mucca
e vai al mercato.
Vendila e cerca di ricavarne il più possibile.
Andrei io, ma non mi sento abbastanza in forze...

GIACOMINO – Sta' tranquilla, mamma.
Farò tutto per bene.
Andiamo, mucca...

MUCCA – Mi dispiace lasciarla, signora, dopo tanti anni...

E così Giacomino e la mucca si avviarono tristemente verso il mercato. Ed ecco che, lungo il cammino, un vecchio, seduto ai margini della strada, li ferma...

VECCHIO – Ehi, ragazzo! Dove vai?

Giacomino – A vendere al mercato questa mucca.

Mucca – Non possono più tenermi, mi danno via!

Vecchio – Vendi questa bestia a me: la tratterò bene e in cambio ti darò questo sacchetto di fagioli...

Giacomino – Grazie, signore, ma la mia mucca vale molto di più.

Mucca – Che affronto! Un sacchetto di fagioli per un esemplare come me!

Vecchio – Ma sono fagioli fatati!

Giacomino – Ah, sono fatati!... Allora affare fatto. Vuoi andare col signore, mucca?

Mucca – Vado, vado... però mi sembra sempre molto poco.

Un sacchetto di fagioli... anche se sono fatati... sai che affare!...

E la mucca si allontanò col vecchio, brontolando. Giacomino, tutto orgoglioso dei suoi fagioli, corse a casa.

GIACOMINO – Mamma! Mamma! Mi hanno dato questo sacchetto di fagioli in cambio della mucca...

MAMMA – Cosa?! Ma, Giacomino, sei ammattito? Un sacchetto di fagioli per una mucca!

GIACOMINO – Ma sono fagioli speciali!

MAMMA – E come sono? D'oro, forse?

GIACOMINO – No, meglio: sono fatati!

MAMMA – Ma si può credere a queste cose? Sei proprio
ingenuo, Giacomino!
Un sacchetto di fagioli per una mucca!... Mi viene una rabbia...
Ecco: li butto dalla finestra i tuoi fagioli!
E tu, a letto senza cena!

Giacomino, mogio mogio, ubbidì. Quando fu a letto lo prese
una gran voglia di piangere per aver fatto arrabbiare la mamma;
ma dentro di sé era convinto che il vecchio non l'aveva imbrogliato.

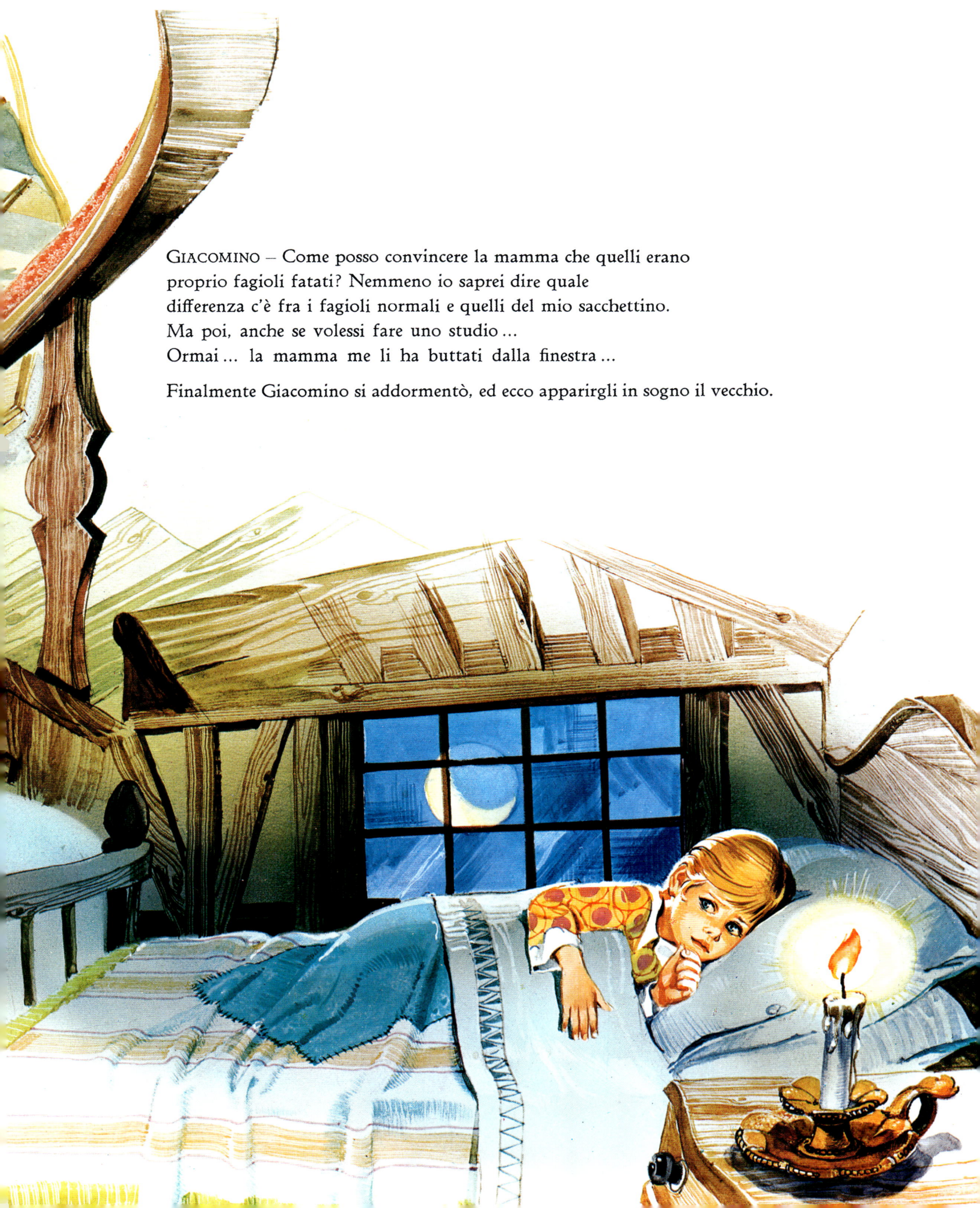

GIACOMINO – Come posso convincere la mamma che quelli erano proprio fagioli fatati? Nemmeno io saprei dire quale differenza c'è fra i fagioli normali e quelli del mio sacchettino. Ma poi, anche se volessi fare uno studio...
Ormai... la mamma me li ha buttati dalla finestra...

Finalmente Giacomino si addormentò, ed ecco apparirgli in sogno il vecchio.

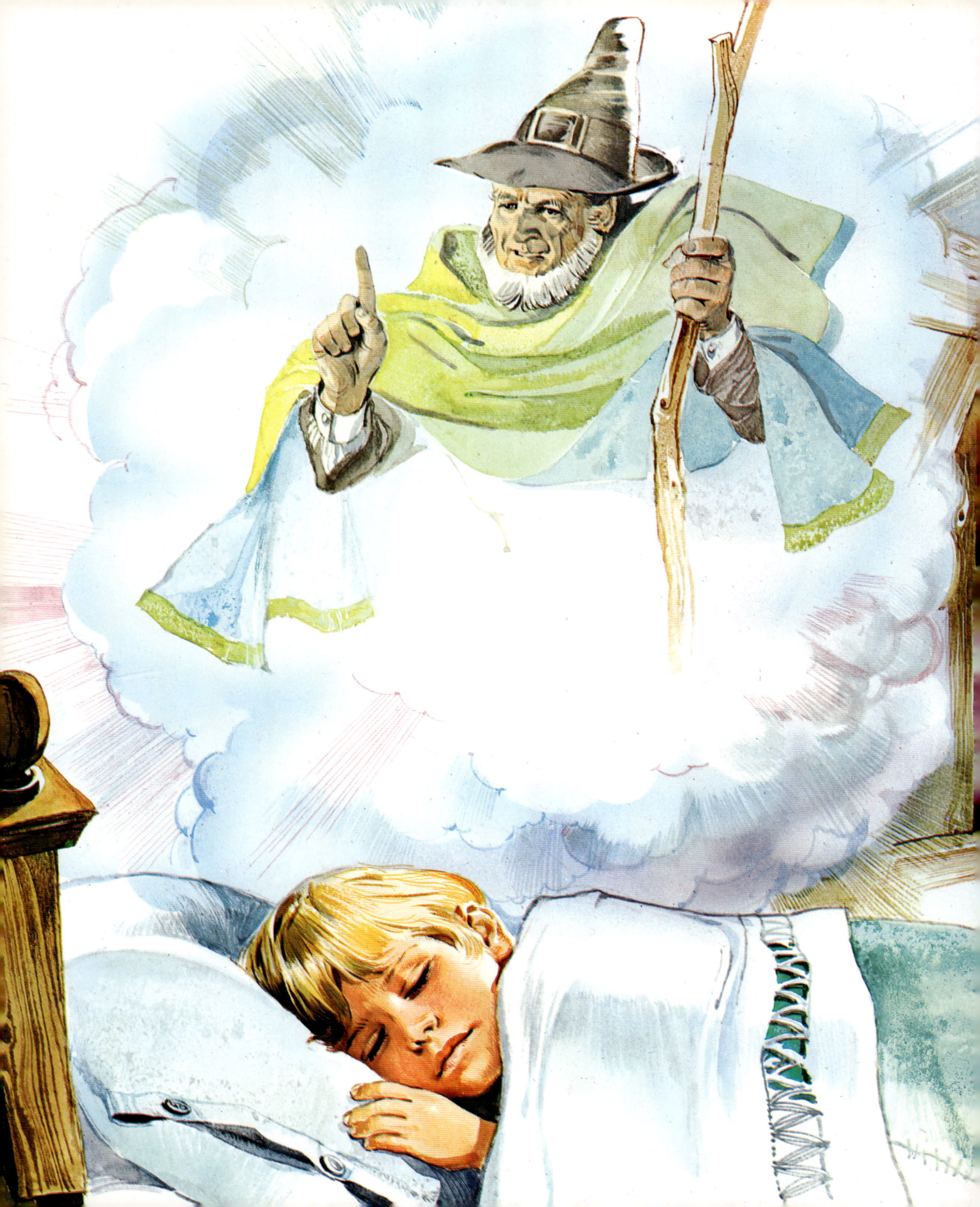

VECCHIO – Giacomino! La tua mucca sta bene e ti saluta. Ricordati di non sprecare i fagioli che ti ho dato in cambio! Ti saranno molto utili. Ciao!

Il mattino dopo, quando Giacomino si svegliò e guardò verso la finestra della sua cameretta... restò a bocca aperta per la meraviglia.

114

GIACOMINO – Chi l'avrebbe detto?
Nel punto esatto dove
la mamma ha buttato i fagioli...
è cresciuta un'enorme,
altissima pianta di fagiolo!
Allora aveva ragione il
vecchio: erano fatati!... Voglio
proprio vedere quant'è alta
questa pianta.

E Giacomino, vestitosi in fretta,
scavalcò il davanzale della
finestra, si aggrappò al tronco
della pianta
e incominciò a salire.

Sali, bimbo, sali piano,
chi va adagio va lontano.
Issa o, issa u,
sali, sali, ancor più su!
Issa o, issa e,
sembra un sogno e non lo è.
Issa o, issa a,
quant'è alta questa pianta?...
Chi lo sa?

Sali, sali, ormai Giacomino
vedeva la terra
laggiù piccola piccola.
Ed ecco che a un certo punto
sente una voce
che lo chiama...

FATA – Giacomino! Giacomino!

GIACOMINO – Chi è?... Sei tu, fatina azzurra?

Fata – Sì, sono io; vedi, abito nel villaggio costruito sulla foglia di fagiolo, e ti ho chiamato per darti questo sacco.

Giacomino – Grazie! Ma a che cosa serve?

Fata – Lo saprai più tardi. Sei stato molto coraggioso ad arrivare fin quassù, Giacomino. Il tuo coraggio verrà premiato. Non temere, non ti succederà nulla, nemmeno quando attraverserai quel nuvolone scuro lassù... Continua a salire e vedrai che quello che un giorno ti fu tolto sarà di nuovo tuo! Devi andare in alto, in alto, proprio dove la pianta di fagiolo ha il fusto sottile...

Così disse la fatina e ritornò al suo villaggio. Giacomino riprese

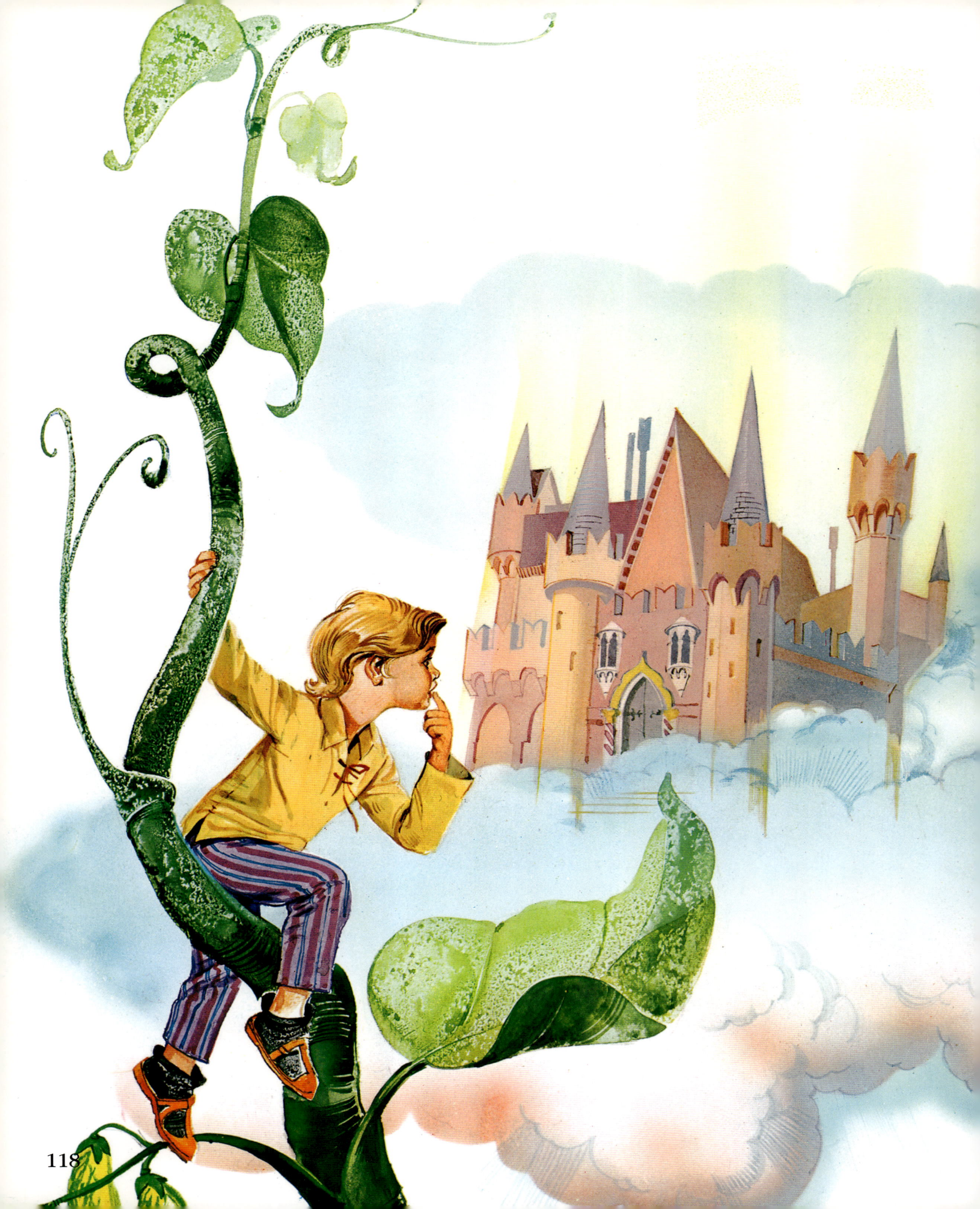

a salire. Attraversò tremando la nuvola scura e arrivò davanti al portone di un grande castello. Il bambino si fece coraggio ed entrò. All'interno tutto era di dimensioni gigantesche.

GIACOMINO – Anche le scale di questo castello sono talmente alte... che potrebbe salirvi solo un gigante!

Non aveva finito la frase che, *bon bodobon*, si sentirono dei passi fragorosi per le scale.

Svelto, Giacomino si nascose dietro una colonna, ed ecco apparire un gigante.

GIACOMINO – Questo gigante mi pare di conoscerlo.

Il gigante depose sulla grande tavola una cesta con una gallinella nera; poi comandò...

GIGANTE – Presto, gallina, fammi le uova!

E la gallinella, con aria spaventata, giù a fare uova.

GIGANTE – Non queste! Quelle d'oro!

GALLINELLA – S... scusi tanto!

E, mentre il gigante mangiava le uova vere,

la gallinella si mise a fare
le uova d'oro come se fosse una
cosa da nulla.

Gigante – Bene, adesso basta!

Il gigante prese le uova d'oro,
se le mise in tasca
e se ne andò, lasciando sulla
tavola la gallinella.

Giacomino – Ma quella gallinella
era nostra!
Ricordo di averla vista razzolare
nel nostro cortile prima della
morte del babbo.
Un giorno ci venne rubata...

Adesso è qui... Quindi è stato il maggiordomo!
Infatti ricordo che a quell'epoca avevamo al nostro servizio
il gigante... padrone di questo castello!
Mi pareva di conoscerlo!... Aveva ragione la fatina a incitarmi
a salire! Adesso mi riprendo la gallinella nera.
Gallinella... buona, se ci sente il gigante sono guai...

GALLINELLA – Co co co! Aiuto! Mi rapiscono!
Polizia! Aiuto!

GIACOMINO – Sta' zitta! Vuoi proprio che il gigante
ci senta?

La gallinella continuava a strepitare terrorizzata,
ma Giacomino la mise nel sacco, e via di corsa verso
la pianta di fagiolo!

*Scappa, Giacomino,
ché il gigante ti ha sentito.
Scendi svelto per la pianta,
ché il gigante, ecco, si avanza!
Scendi veloce,
giù e giù e giù e giù e giù...*

GIGANTE – Fermati, Giacomino! Pensaci, Giacomino!

GIACOMINO – Vieni a prendermi, gigante ladro!

GALLINELLA – Ladro! Chi è il ladro? Voglio saperlo!

GIGANTE – Adesso ti acchiappo, monellaccio!

GIACOMINO – Scendi per la pianta anche tu!...

GALLINELLA – Voglio sapere chi è il ladro!

GIGANTE – Se ti prendo ti concio per le feste!

GALLINELLA – Ditemi chi è il ladro!

GIACOMINO – Sta' buona, gallinella: siamo quasi arrivati!

GIGANTE – Ti torcerò il collo!

GALLINELLA – Ditemi chi è il ladro!

GIACOMINO – È il maggiordomo, gallinella!

GALLINELLA – Il maggiordomo?...

GIACOMINO – Ma sì! Il gigante!

GALLINELLA – Quale gigante?

GIACOMINO – Te lo spiegherò dopo, adesso ho da fare!

Giacomino saltò a terra, mentre il gigante stava ancora scendendo per la pianta. Afferrò una scure

e, con pochi colpi ben
assestati, tagliò il fusto
del fagiolo, facendo precipitare la
pianta e il gigante. Quando piombò
a terra, il gigante fece un tale
buco che non riuscì più a venirne
fuori. Allora Giacomino corse
felice dalla mamma e le raccontò
ogni cosa.
Poi insieme tolsero
dal sacco la gallinella nera, che
subito cominciò a becchettare
soddisfatta nel prato
davanti alla casetta.
Così da quel giorno l'agiatezza
ritornò nella casa di Giacomino
e della sua mamma,
grazie alle uova d'oro che
la preziosa gallina procurava loro.

*Finisce così
questa favola breve e se ne va...
Ma aspettate, e un'altra ne avrete.
«C'era una volta...» il cantafiabe dirà
e un'altra favola comincerà!*

Il lupo e i sette capretti

Illustrazioni di PINARDI
Versione sceneggiata di SILVERIO PISU

*A mille ce n'è
nel mio cuore di fiabe da narrar.
Venite con me,
nel mio mondo fatato per sognar...
Non serve l'ombrello,
il cappottino rosso o la cartella bella
per venir con me...
Basta un po' di fantasia e di bontà.*

C'era una volta una capra che aveva sette caprettini e li amava come ogni madre ama i suoi figlioli.

Un giorno, dovendo andare nel bosco a raccogliere erba per cena,
li chiamò a sé.

MAMMA CAPRA – Piccolini miei, io vado nel bosco a raccogliere erba,
ma voi dovete stare molto attenti al lupo,
perché se riesce a entrare nella capanna vi mangia di certo.
Mi raccomando, non aprite a nessuno!

CAPRETTI – Va bene, mamma ... Stai tranquilla ... Apriremo solo a te ...
Vai pure ... Torna presto!

Così Mamma Capra se ne andò, cercando di fare il più in fretta possibile.

Al limitare del bosco incontrò una sua amica,
la capra Nerina, nota per essere una gran chiacchierona,
che le fece perdere un po' di tempo.

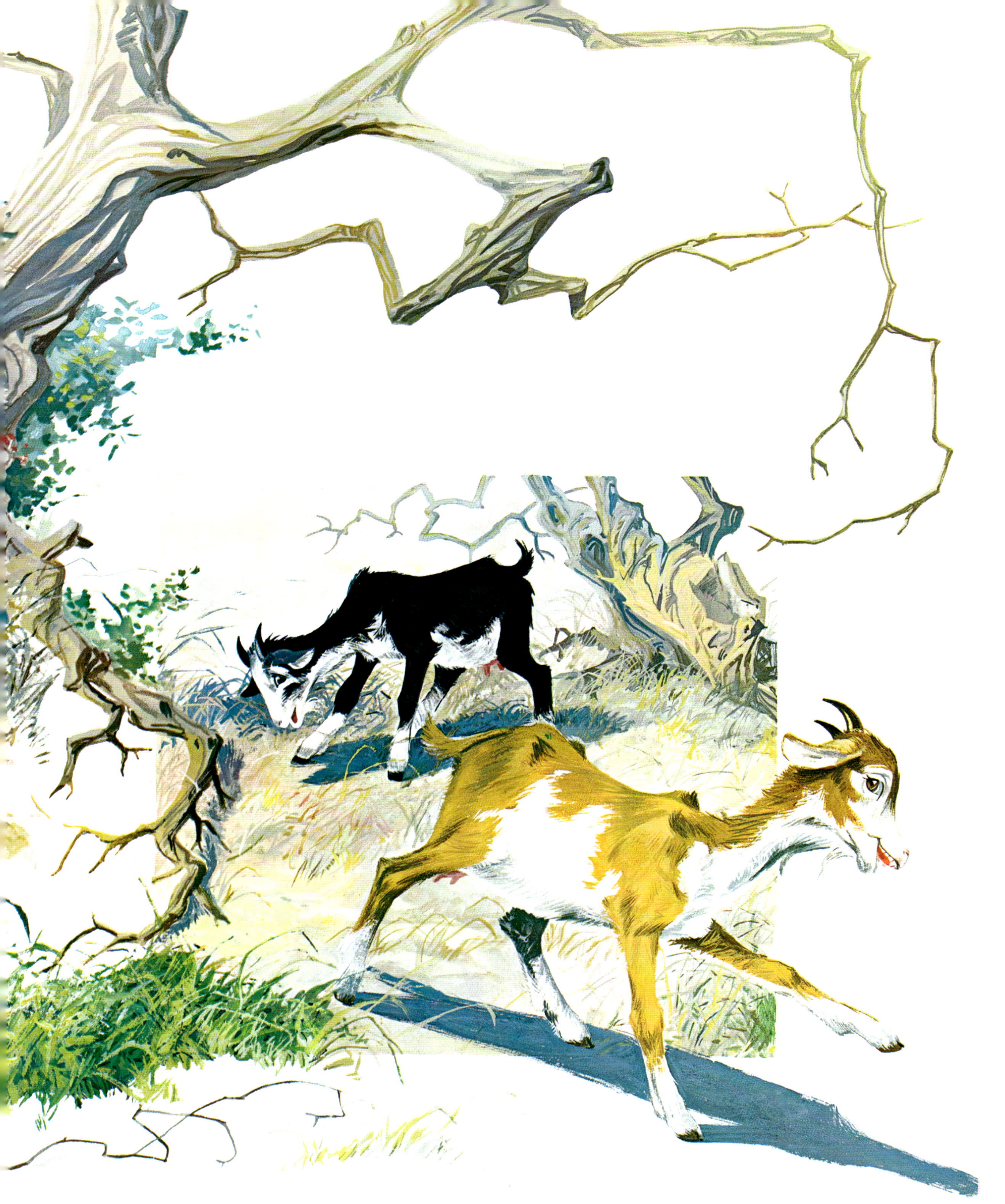

Nessuna delle due si era accorta che,
ben nascosto dietro un albero,
il lupo cattivo del bosco non
aspettava altro
che Mamma Capra si allontanasse.

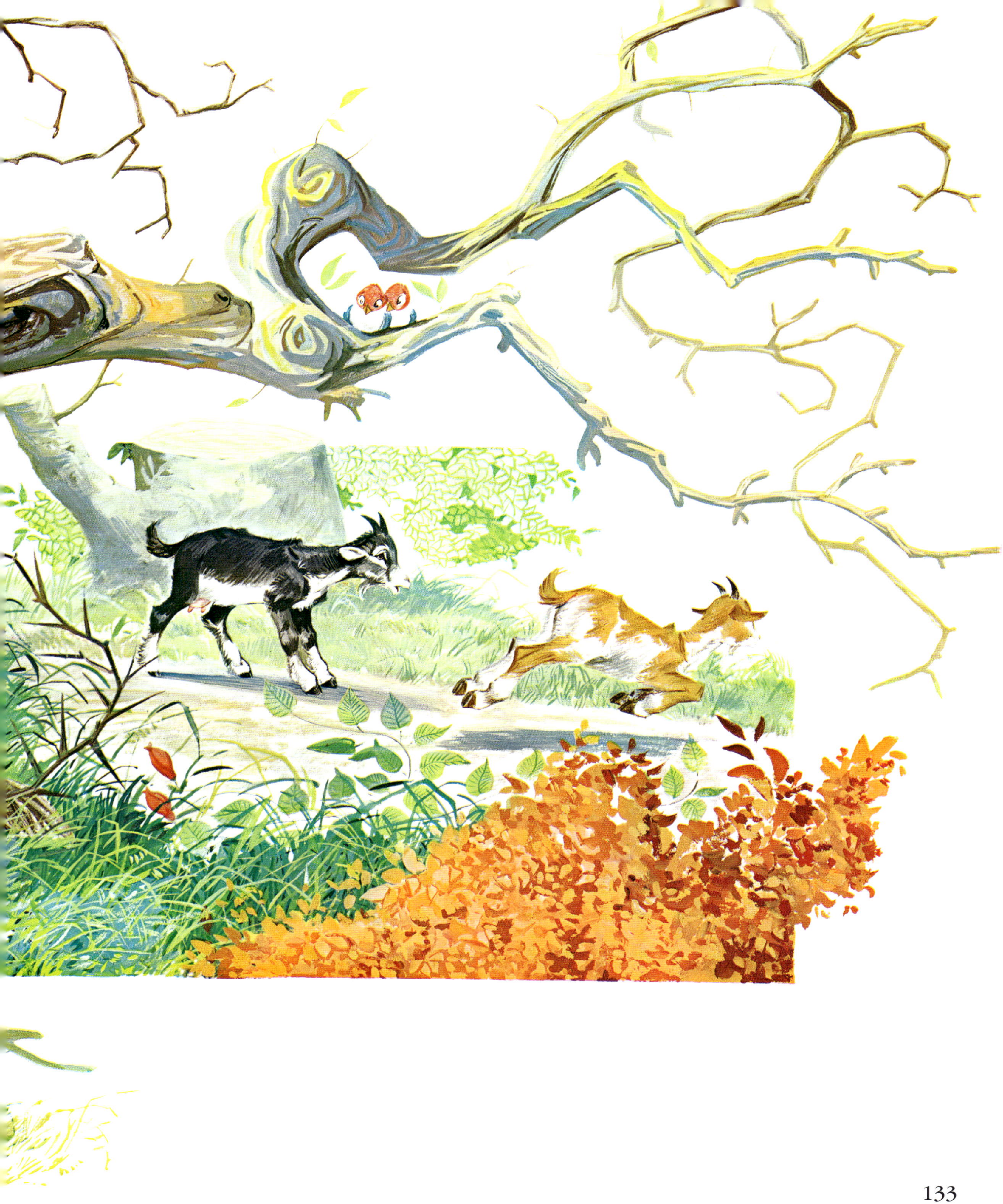

Intanto, nella capanna, i caprettini stavano giocando tranquilli, quando udirono bussare alla porta.
Era il lupo che, per farsi aprire, aveva pensato di dir loro che era la mamma.

LUPO – *Toc toc...
caprettini!
Toc toc...
son la mamma;
su smettete di giocare
e venitemi ad aprire.*

Toc toc... ho portato
toc toc... un regalo
a ognuno di voi sette:
una torta fatta a fette.

CAPRETTI – *No no,
caro lupo,
no no, non ti apriamo:
hai la voce troppo grossa,
tu non sei la mamma nostra.*

Allora il lupo, furioso, si allontanò di corsa e andò da un pasticciere;
si fece dare un grosso pezzo di dolce e lo divorò in un baleno. La sua voce
divenne subito dolcissima.
Ritornò di nuovo alla capanna e bussò ancora alla porta dei capretti.

Con la sua nuova voce dolce dolce cominciò a chiamare...

Lupo – Caprettini!... Piccoli miei, sono la mamma, apritemi!... Ho portato un bel regalo per voi... venite ad aprire... ad aprire...

Capretti – Sembra davvero la mamma, questa volta... Apriamo?... Ma... io direi di aspettare ancora un poco...

Lupo – Caprettini... Piccoli belli...

Non ricevendo risposta alcuna, il lupo cercò di entrare dalla finestra, e così i sette piccoli videro una zampaccia scura sul davanzale.

Capretti – Ah, tu sei il lupo!... La mamma non ha le zampe scure... Le ha bianche... Lupo, lupo cattivo, vattene... vattene!

LUPO – Me l'hanno fatta un'altra volta, ma io non mi do per vinto.

E il lupo se ne andò di corsa dal fornaio per farsi imbiancare con un po' di farina le zampe. Ma questi lo scacciò con la scopa. Allora andò dal mugnaio.

Lupo – Mugnaio, dammi un sacco di farina che mi possa infarinare le zampe, altrimenti ti mangio! Te e il tuo gatto.

Mugnaio – No! Ti prego ... sono un vecchio e il mio gatto ha moglie e figli!

Eccoti il sacco di farina. Te lo regalo, ma non mangiarci!

Con le zampacce imbiancate il lupo se ne tornò alla casa dei capretti e riuscì a farsi aprire la porta.

CAPRETTI – Aiuto!...
C'è il lupo... Scappiamo!
Io vado sotto il
letto... Io mi nascondo
nella stufa...
Io sotto la tavola...
Io mi chiudo nell'armadio!

Io scappo dietro la porta... Io mi acquatto sotto la tinozza... Io mi nascondo nella cassa dell'orologio a pendolo!...
Il lupo!... Aiuto!... Mamma!

LUPO – È inutile che vi nascondiate... tanto vi mangio tutti! Il primo lo vado a pescare sotto il letto... amm! Buono! Il secondo eccolo qua... amm! Il terzo... amm! Il quarto... amm! Il quinto... amm! Il sesto... amm! Il settimo... dove sarà il settimo? Be', non importa: questi sei mi hanno saziato.
Dopo un pranzo del genere ci vuole proprio una bella dormita.

143

Andrò a sdraiarmi al fresco, sotto un albero... Ecco qua... Che pancia piena!...

Il lupo si addormentò come un sasso. Quando Mamma Capra tornò dal bosco, trovò la casa vuota...

MAMMA CAPRA – Figliolini miei! Rispondete!... Dove siete?... Che cosa è successo?

CAPRETTINO – Mamma, mamma! Sono nella cassa dell'orologio! Tirami fuori. È venuto il lupo!

Il più piccolo dei capretti si era salvato perché il lupo non aveva pensato a guardare nella cassa dell'orologio. Raccontò tutto alla madre, che decise con molto coraggio di andare in cerca del lupo.

Il lupo se la dorme
con la pancia piena piena
e sogna ancora capre
da mangiare a pranzo e a cena.

È ingordo, troppo ingordo,
e gli ingordi, non lo sa,
spesso son traditi
dalla lor voracità.

145

I sei capretti interi
ha mangiato troppo in fretta
e senza masticare
li ha ingoiati, e la capretta
lo sa e si avvicina
a quel brutto lupo là:
ha in mente qualche cosa
e sentite cosa fa.

MAMMA CAPRA – Eccolo, il lupaccio!
Proprio come pensavo.
Non svegliarlo, vai a prendere
un paio di forbici, ago e filo.

CAPRETTINO – Corro, mamma!

MAMMA CAPRA – Poveri
figli miei, chiusi nel ventre del lupo!
Questa volta la bestiaccia è stata
troppo ingorda. Li ha mandati

giù senza nemmeno masticare, e ora sono ancora vivi nella sua pancia...

CAPRETTINO – Ecco: ho portato tutto, mamma. Che cosa vuoi fare?

MAMMA CAPRA – Vedi? Taglio la pancia al lupo... Piano piano per non svegliarlo...

CAPRETTI – Mamma! Ci hai liberato! Che paura abbiamo preso!... Mammina...

MAMMA CAPRA – Ssst! Silenzio! Che il lupo non si svegli!
Fatevi contare... Uno, due, tre, quattro, cinque, sei e sette! Ci siete tutti!

CAPRETTI – Che cosa facciamo, mamma?

MAMMA CAPRA – Andate svelti a prendere delle pietre pesanti e, mentre quella bestiaccia continua a dormire, le riempiremo la pancia di sassi.

Il lupo, infatti, continuava a ronfare, mentre i capretti gli mettevano nella pancia tante pietre. Poi Mamma Capra ricucì il taglio e, quando tutto fu a posto, capra e capretti andarono a nascondersi. Finalmente il lupo si svegliò.

LUPO – Questi sei capretti sono pesanti da digerire. Meno male che non ho mangiato anche il settimo.
Mi è venuta una gran sete: andrò a bere un po' d'acqua fresca al ruscello.

Alziamoci, su. Op! Come pesa la pancia! Non credevo che i capretti fossero tanto pesanti... e indigesti. Niente di meglio, dopo aver mangiato, che una bella bevuta... Oh! Oh... oh! Casco!

Il peso delle pietre fece perdere l'equilibrio al lupo, e la bestiaccia precipitò nel ruscello.
In quel punto l'acqua era profonda, e le pietre lo trascinarono a fondo...

CAPRETTI – Il lupo è morto! Evviva!...
Non abbiamo più niente da temere!... Mamma, evviva!...

*Finisce così
questa favola breve e se ne va...
Ma aspettate, e un'altra ne avrete.
«C'era una volta... » il cantafiabe dirà
e un'altra favola comincerà!*

Il nano Tremotino

Illustrazioni di SANI
Versione sceneggiata di SILVERIO PISU

*A mille ce n'è
nel mio cuore di fiabe da narrar.
Venite con me,
nel mio mondo fatato per sognar...
Non serve l'ombrello,
il cappottino rosso o la cartella bella
per venir con me...
Basta un po' di fantasia e di bontà.*

C'era una volta un mugnaio che aveva l'abitudine di raccontare un mucchio di frottole.

MUGNAIO – L'altro giorno chi ti vedo sul mio sentiero? Un drago! Ah... ah... Gli ho dato un tale schiaffo che è scappato gridando: « Mamma! »... E questo è niente: non vi ho parlato di quel pescecane che ho fatto ballare sulla punta della coda?...

Questo mugnaio aveva una figlia, di nome Marta, tanto bella quanto buona, che mandava avanti la casa da sola. Un giorno il padre, sempre per quel vizio di raccontare fandonie, parlando col re, disse...

MUGNAIO – Figuratevi, sire, che ho una figlia che sa filare la paglia... e per di più... la fa diventare oro!

RE – Davvero?... Guardie, conducete qui, subito, la figlia di codesto mugnaio.

La fanciulla fu così portata a corte.
Il re subito la condusse in una stamberga piena di paglia, le diede rocca e fuso e le disse in tono di comando...

RE – Fila!

MARTA – Vado subito, sire...

Re – Ma cos'hai capito? Fila, nel senso di filare... filare questa paglia e tramutarla in oro!
E cerca di muoverti perché, se non finirai entro domani mattina, ti farò tagliare la testa.

Marta – Ma, sire...

Re – Non ci sono ma: lavora, piuttosto!

Marta – Oh, povera me!

Il re chiuse la porta e se ne andò, scortato dalle sue guardie, lasciando la fanciulla in mezzo a una montagna di paglia.
La poveretta si mise a piangere, ma a un tratto la porta si aprì ed entrò uno strano ometto, piccolo piccolo...

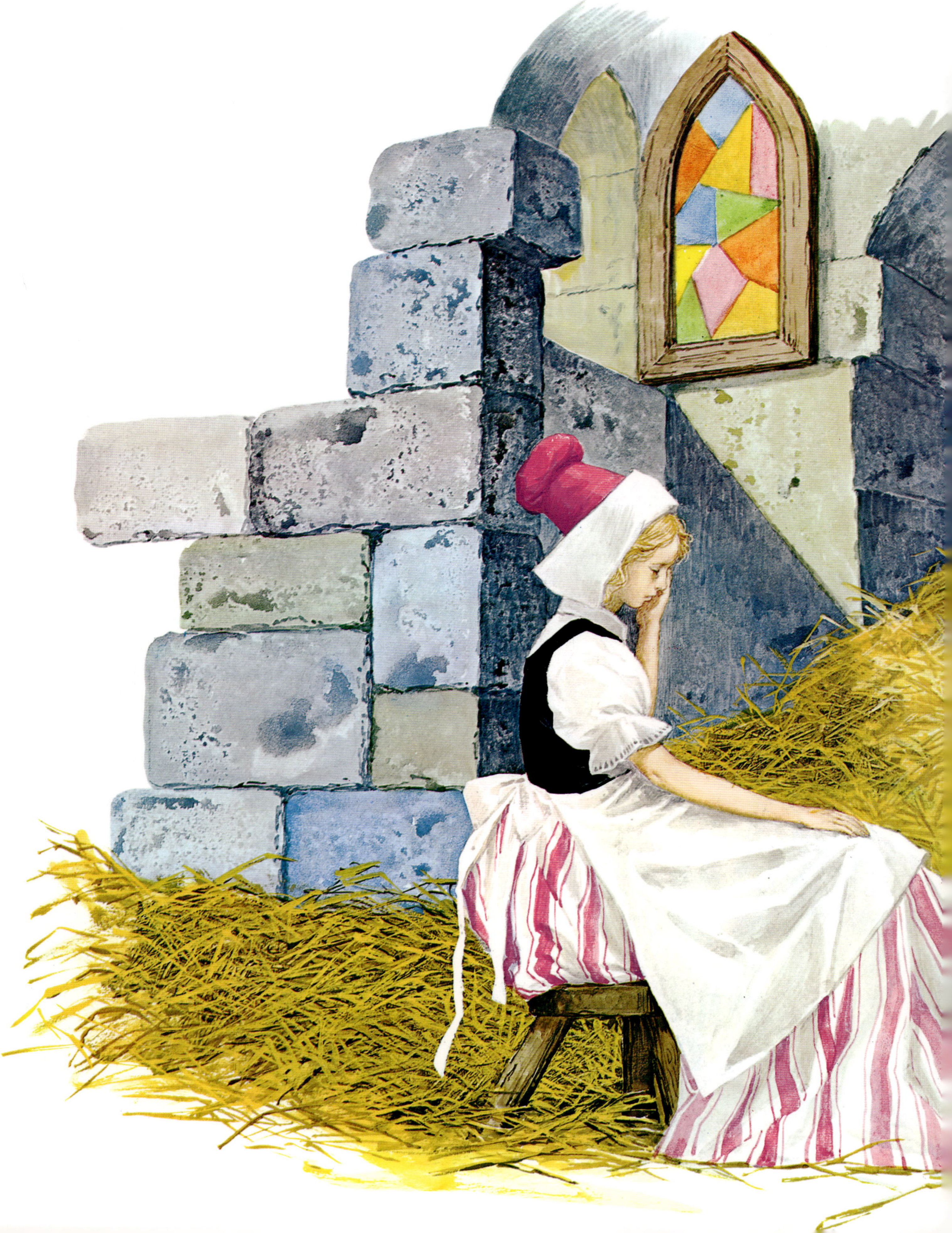

NANO – *Buona sera, bella fanciulla:
perché piangi, perché piangi,
perché piangi tu così?*

MARTA – *Io devo filar paglia
e farne oro:
tutta quanta, tutta quanta,
tutta quanta; come farò?*

NANO – *Che cosa mi regali se la filo,
e la cambio, e la cambio,
in oro per te?*

MARTA – *Ti posso dar la mia collana bella;
se tu fili, se tu fili,
se tu fili te la darò!*

NANO – *D'accordo, affare fatto:
qua la collana!
Con rocca e fuso, con rocca e fuso,
con rocca e fuso lavorerò!*

E il nano, detto fatto, si mise a filare la paglia velocissimo e, appena le sue mani toccavano le pagliuzze, queste divenivano di puro oro zecchino. Quando fu giorno, il nano scomparve e, subito dopo, giunse il re.

RE – Bene, bene ... brava, Marta ... Dato che ti riesce così facile, vieni con me:
ti porterò
in un'altra stamberga,
dove altra paglia ti aspetta.
Ah! I patti sono sempre

quelli: o tu fili la paglia
entro domani mattina
e la tramuti in oro, o ti
faccio tagliare la testa!

La bella fanciulla
ricominciò a
piangere, finché la porta
si aprì
e apparve di nuovo il nano...

NANO – *Che cosa mi regali se la filo,
e la cambio, e la cambio,
in oro per te?*

MARTA – *Ti posso dare il mio bell'anellino;
se tu fili, se tu fili,
se tu fili te lo darò!*

NANO – *D'accordo, affare fatto: qua l'anello!
Con rocca e fuso, con rocca e fuso,
con rocca e fuso lavorerò!*

E il mattino dopo il re trovò ancora
delle belle matasse d'oro zecchino.

Ormai preso dalla smania di ammucchiare oro, il re condusse Marta in una terza stamberga, letteralmente ricolma di paglia.

RE – Ecco, se tu riuscirai a filare per domani mattina tutta questa paglia e a tramutarla in oro, non solo non ti farò tagliare la testa, ma ti sposerò e diventerai regina.

Dopo che il re l'ebbe lasciata, Marta provò da sola a filare: in fondo c'era riuscito anche il nano...
Ma per quanto il fuso girasse, la paglia rimaneva sempre paglia. E meno male che verso sera arrivò il nanetto...

NANO – *Che cosa mi regali se...*

MARTA – No, guarda, caro nano... non saprei proprio che cosa darti in cambio: non ho più niente!

NANO – Proprio niente? Nemmeno un paio d'orecchini?... È grave... Però, fammi pensare un momento... Ecco, sì, forse c'è una soluzione.
Quando sarai regina, mi darai il primo figlio che ti nascerà. Va bene?

La fanciulla promise, pur di avere salva la vita. E poi pensò che, se le fosse nato un principino... magari il nano non l'avrebbe saputo.
D'altra parte, bisognava togliersi d'impaccio per il momento,
poi... si sarebbe visto.
Così, durante la notte, l'omino filò la paglia e la tramutò in oro, e il giorno dopo, Marta andò sposa al re...
Passò il tempo e, dopo un anno, alla corte nacque
un bel principino. Ma, di lì a qualche giorno, arrivò il nano che, con

167

aria disinvolta, si presentò alla regina...

MARTA – Oh, ciao, nanetto, come mai da queste parti?

NANO – Ciao, cara regina, sono venuto a prendere, come d'accordo, il tuo principino.

MARTA – Oh, no! Oh, no!

NANO – Oh, sì! Oh, sì!

MARTA – Nano, ti prego, prendi

tutto quello che vuoi,
ma lasciami mio figlio!...

NANO – No e poi no!
Voglio il principino!

Tuttavia la regina
tanto pregò, che il nano
alla fine disse...

NANO – Va bene, va bene.
Ti do tre giorni
di tempo: se in
questi tre giorni riuscirai
a sapere il mio nome,
il bambino rimarrà con te.
Altrimenti,
me lo prenderò io.

Tutta la notte la bella regina non fece altro che scartabellare libri, alla ricerca di nomi strani...

MARTA – Gaspero detto Peppalunga... Ubertone da Burbunbela... Alberto Moro da Fonrama... Belisario... Franceschetto il Rosso...

Mandò perfino un messo per tutto il regno, per vedere di raccoglierne altri.
E il giorno dopo, quando venne il nano, glieli sciorinò tutti in fila...

MARTA – *Ti chiami Totò
oppure Costanzo?
Vercingetorige
oppur solo Enzo?
Forse Amedeo?
Silverio? Carlino?
Luciano, Gesi
oppur Severino?*

*No, aspetta ... ora capisco!
Tu ti chiami solo Prisco!
Pellegrino? Geronzio?
Galdino? Cocò?
Leoncavallo ...
Silvano ... o anche Dedè?
Bartolomeo? ...
Ma il tuo nome qual è?*

NANO – Non te lo dico! Ci vediamo domani: secondo giorno di prova!

Il giorno dopo la regina si era segnata una lista di nomi lunga così... ma nemmeno questa volta indovinò il nome del nanetto. Il terzo giorno, proprio quando il nano stava per arrivare, ecco tornare il messo della regina, tutto trafelato.

MESSO – Maestà! Uh, che corsa! Questa mattina, all'alba, mi trovavo a passare per la vetta di una montagna e chi ti vedo?

MARTA – Oh, per carità, non tenermi sulle spine: chi hai visto?

MESSO – Ho visto quello strano nanetto che da due giorni viene alla reggia: saltellava vicino a una casetta col tetto di paglia, accanto a un gran fuoco, e intanto continuava a ripetere: « Nessuno lo sa! Nessuno lo sa! Io son Tremolino! Io son Tremotino! »

MARTA – Ma, insomma: diceva Tremolino o Tremotino?

MESSO – A dir la verità non ho capito bene...

La regina stava già per perdere la pazienza, quand'ecco entrare il nano...

Nano – Allora, cara regina, che nomi hai trovato per l'ultimo giorno? Non vedo l'ora di portarmi via il principino!

Marta – Mm... che fretta hai!... Ti chiami forse... Gelsomino?...

Nano – No, acqua!

Marta – Tremolino?...

Nano – Fuochino, fuocherello!

Marta – Allora ti chiami Tremotino!

Nano – Fuoco! Fuoco!... Fuoco e dannazione! Hai indovinato! Ma chi te l'ha detto? Il diavolo?

E il nano Tremotino pestò tanto forte
il piede a terra per la rabbia, che
sfondò il pavimento e si fece un male d'inferno!

NANO – Ahi! Ohi!... Povero me! Aiuto! Ahi! Ohi!...

*Finisce così
questa favola breve e se ne va...
Ma aspettate, e un'altra ne avrete.
«C'era una volta...» il cantafiabe dirà
e un'altra favola comincerà!*

Il soldatino di piombo

Illustrazioni di PIKKA
Versione sceneggiata di SILVERIO PISU

A mille ce n'è
nel mio cuore di fiabe da narrar.
Venite con me,
nel mio mondo fatato per sognar...
Non serve l'ombrello,
il cappottino rosso o la cartella bella
per venir con me...
Basta un po' di fantasia e di bontà.

C'erano una volta venticinque soldatini,
fatti con il piombo di un cucchiaio là per là;
l'arma sempre in spalla,
l'occhio fisso e altero,
con la giubba rossa e i calzoni di un bel blu.

C'erano una volta venticinque soldatini,
fatti con il piombo di un cucchiaio là per là;
c'era poco piombo:
l'ultimo, sventura!
una gamba aveva per tenersi su!

Da un cucchiaio di piombo, voi sapete, si ricavano venticinque soldatini meno una gamba. L'ultimo, quindi, se ne stava dritto su una gamba sola.

GIGETTO – Che bei soldatini di piombo!
Grazie, papà! Mariolina, a te che cosa hanno regalato?

MARIOLINA – Un castello con tante torri, da mettere vicino a uno stagno, e nello stagno nuotano dei piccoli cigni di cera.

GIGETTO – Il mio veliero è più bello!

MARIOLINA – Io ho anche una ballerina che balla in tutù!

GIGETTO – Ma se è di carta! E poi le manca una gamba...

MARIOLINA – Non è vero! La tiene sotto il tutù perché sta ballando! L'ultimo dei tuoi soldatini, piuttosto, quello sì che è zoppo!

GIGETTO – Papà! Mariolina dice che il mio soldato...

MARIOLINA – Mamma! Gigetto dice che la mia ballerina...

Ma la ballerina di carta e il soldatino di piombo non ascoltavano. Il soldatino pensava.

SOLDATINO – Per mille cannoni! Quella sì che è una bambolina coi fiocchi! Possiede un intero castello e un lustrino che luccica. Che bello se accettasse di divenire mia sposa! Mi metterò a fare la guardia a questa tabacchiera, così potrò guardarla.

A vedermi tutto dritto e impettito su una gamba sola, si interesserà a me. La consegna è di stare rigidi e immobili sull'attenti. Le farò vedere che sono un buon soldato.

E il soldatino di piombo, sull'attenti, non staccava gli occhi dalla sua ballerina. La ballerina sospirava, sempre reggendosi in equilibrio sulla punta della scarpetta da ballo... Quando i bambini andarono a dormire, come tutte le notti, i giocattoli cominciarono a giocare fra loro. Per primo saltò su il pagliaccio.

PAGLIACCIO
  Avanti, ragazzi! Musica!
  *O pupattola bionda ... bionda
  vuoi ballare con me?*

BAMBOLA
  *Ballo solo la mazurca ... urca,
  non so fare lo yè-yè.*

  *Se la giostra la gira ... gira,
  i giocattoli qua
  si divertono un mondo ... tondo
  a cantar e ballar.
  Ora tocca al canarino,
  ch'è maestro nel cantar,
  far l'« a solo » di clarino
  senza farsi ancor pregar.*

Gli unici a rimanere fermi erano il soldatino di piombo e la ballerina di carta, troppo timidi per rivolgersi la parola.
A mezzanotte, proprio sul più bello della festa, si udì uno strano rumore venire dalla tabacchiera, che in realtà era una scatola a sorpresa.
Improvvisamente si alzò il coperchio, e saltò fuori uno gnomo nero.

GNOMO – Nessuno mi ha invitato a questa festa, vero? Avevate paura che disturbassi? E questo bellimbusto chi è? Senti, amico, non ti sarai messo in testa di conquistare la ballerina, vero? La voglio sposare io!

Il soldatino voleva rispondergli per le rime, ma era sull'attenti! Un bravo soldato non parla mai quando è sull'attenti.

GNOMO – Non rispondi, eh? Domani mi vendicherò.

L'indomani Gigetto aveva fissato un attacco sul davanzale della finestra. L'ultimo soldato dello schieramento era proprio il soldatino senza una gamba. Figuratevi il suo spavento quando si accorse di essere capitato proprio vicino alla tabacchiera, che fungeva da fortino!

SOLDATINO – Corpo di mille bombe! Vorrei battere in ritirata, ma la consegna è di difendere la finestra. Come fare?

GNOMO – Ecco arrivato il momento di vendicarmi! Aprirò di scatto il coperchio e quell'impertinente soldatino volerà dal terzo piano!

La tabacchiera si aprì di scatto e il povero soldato precipitò in strada.

SOLDATINO – Che terribile caduta!
Speriamo che i miei compagni organizzino
una spedizione di soccorso!

GIGETTO – Oh, il mio povero soldatino!...
È caduto dalla finestra! Vado a cercarlo!

CAMERIERA – Aspetta, Gigetto,
vengo ad aiutarti.

Il bimbo e la cameriera lo cercarono a lungo, ma non riuscirono a trovarlo.

CAMERIERA – Andiamo, Gigetto, si sta avvicinando il temporale.

GIGETTO – Che peccato, il mio soldatino si bagnerà tutto!

CAMERIERA – Vieni, su... Non vorrai prendere la pioggia per un soldatino di piombo!

I primi goccioloni cominciarono a cadere, poi il temporale scoppiò con violenza. Quando ormai stava spiovendo, passarono due monelli, Bingo e Bango, che scorsero fra i sassi il soldatino rosso e blu.

BINGO – Guarda che bel soldatino!

BANGO – Ha una gamba sola!

BINGO – Costruiamo una barchetta di carta e facciamolo navigare nel ruscello!

BANGO – Bene! Forza!

BINGO – Ecco fatto. Partenza!

Soldatino – Ma guarda che cosa mi doveva capitare! Per mille cannoni! Un valoroso soldato di fanteria trasformato in marinaio!

Bingo – Guarda come fila!

Bango – Ed è sempre rigido sull'attenti!

Bingo – Addio, prode soldato! Addio!

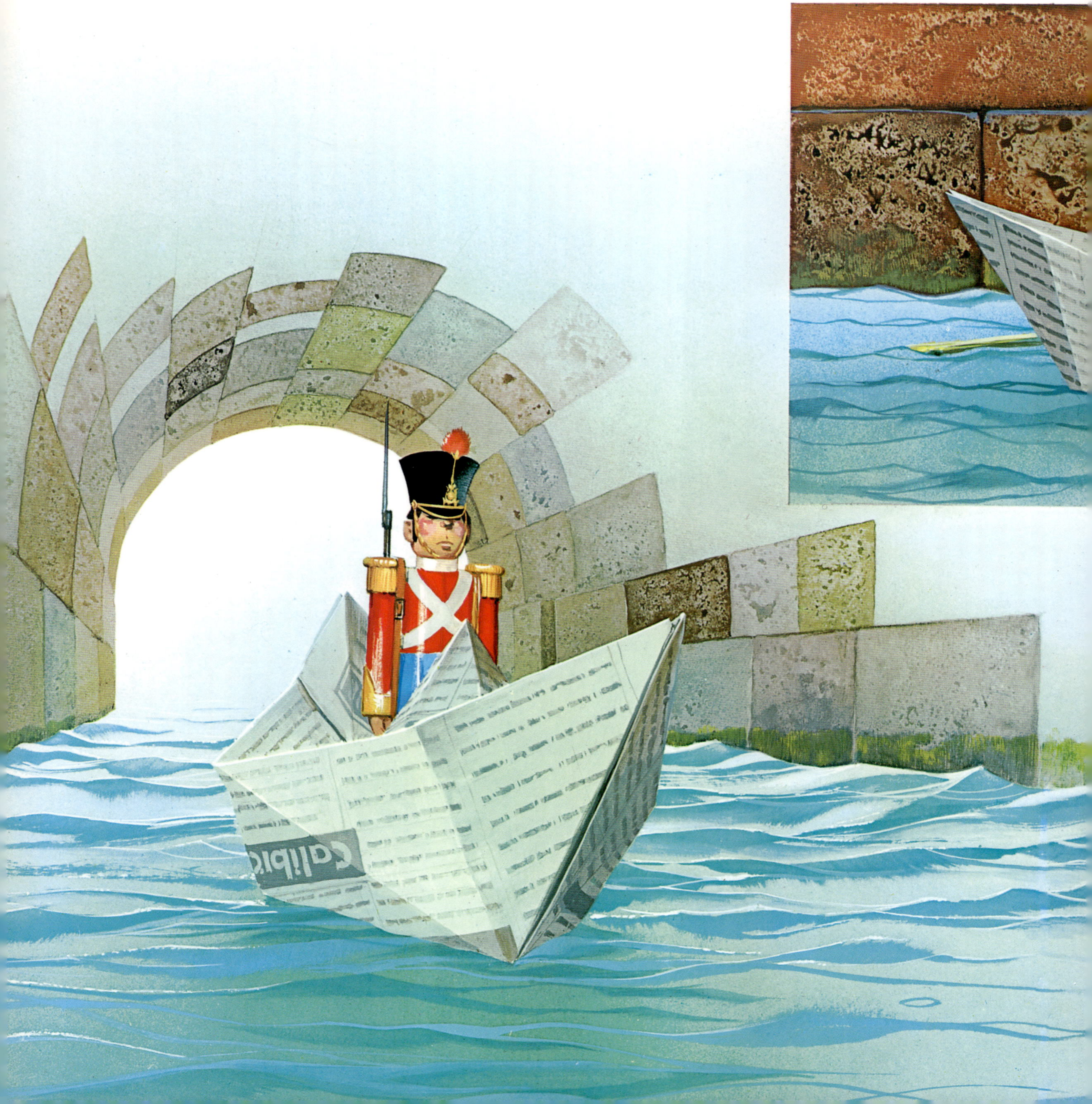

Il ruscello scorreva veloce, gonfio per l'acquazzone
di poco prima. Intrepido, il soldatino di piombo cercava
di mantenersi calmo.

SOLDATINO – Questo fiume non mi piace. Oh, oh! Ci voleva
anche il passaggio sotterraneo!

Infatti il ruscelletto, che per il soldatino era un
imponente fiume, entrava proprio in quel momento in una
fogna. Abituati gli occhi all'oscurità, il soldatino
affrontò intrepido un grosso topo che non voleva lasciarlo
passare, ma ad un tratto si trovò di fronte a una cascata.

SOLDATINO – È la disfatta! È impossibile cambiare
direzione! La barca fila dritta verso quell'orrenda cascata…

Precipiterò nel fiume
e affonderò, come un
pezzo di piombo... perché,
in effetti, sono un pezzo
di piombo! Non rivedrò più
la mia caserma,
né la ballerina di carta!

*Scroscia il ruscello
e diventa cascata;
il soldatino non sa nuotar,
pensa che è tardi
per la ritirata,
alla caserma vorrebbe tornar
ma...*

*Addio sfilate, addio parate,
addio fucili e bandiere con l'asta blu!
Da buon soldato, t'han comandato
di esser forte davanti a tutte le avversità.
Addio mia bella, addio mia stella...*

Come un soldato che ubbidisce al general,
                    tu sull'attenti affronti l'acqua del canal.

Presto la cascata travolse la barchetta, e le onde si richiusero
sopra il capo del nostro intrepido eroe.
Vedendo i bei colori del suo vestito, un grosso pesce lo ingoiò
in un boccone, scambiandolo per un pezzo di torta con le ciliegine.
I pesci non sono molto intelligenti, sapete.
Subito però si accorse dell'errore e cominciò a lamentarsi.
Gli venne anche il singhiozzo...

PESCE – Ma che cosa sarà quest'affare che ho ingoiato? Sa di vernice e mi
dà una certa pesantezza di stomaco: deve essere piombo.

Meno male! Ecco un bel verme. Lo mangerò e mi farà passare il singhiozzo.
Ma... che cos'è che mi tira? Per il grande fiume!
Che giornata sfortunata! Prima mangio un pezzo di piombo,
e adesso ho ingoiato un verme che nascondeva l'amo! Sono perduto!...

Il pesce aveva ragione. Il pescatore lo tirò fuori dall'acqua e lo andò
a vendere. Di lì a poco il soldatino rivide la luce del giorno.
Si trovava in una cucina e la cuoca lo stava guardando divertita.

CUOCA – Ma guarda un po' che cosa ho trovato nella pancia di questo
pesce! Un soldatino con la divisa rossa e blu...

Voglio proprio vedere se è quello che ha perso Gigetto ieri. Gigetto! Gigetto! Guarda che cosa ho trovato nel pesce!

GIGETTO – Fai vedere... Ma è il mio soldatino di piombo, quello senza una gamba!

MARIOLINA – Già, è proprio lui...

GIGETTO – È ridotto male, farà brutta figura insieme ai suoi fratelli. Non lo voglio più!

MARIOLINA – Ma deve aver sofferto tanto, povero soldatino di piombo... Chissà quanti pericoli ha affrontato per tornare qui!

GIGETTO — Ormai non m'interessa.
Preferisco il pagliaccio. Mettiamolo
vicino alla tua ballerina, il
soldatino senza una gamba: si
terranno compagnia.

Che emozione per il soldatino di
piombo rivedere la sua ballerina di
carta! I due rimasero a guardarsi a
lungo. Ma erano ancora timidissimi,
tutti e due. Non bisogna dimenticare
che il soldatino era sempre
sull'attenti, e avrebbe rotto la
consegna iniziando la conversazione
con una ballerina. Si guardavano,
così, senza parlare, ma felici di
essere vicini. Gigetto
fece a un tratto un movimento brusco,
e il soldatino di piombo
cadde nel fuoco del caminetto.

GIGETTO – Che sbadato! Be', era solo un soldatino senza una gamba...

Ma che cosa faceva la ballerina di carta?... Possibile che, vedendo il soldatino fra le fiamme, fosse impallidita? Eppure fremeva tutta, come se stesse trattenendo le lacrime. Lo gnomo della tabacchiera stava ridendo per la misera fine del soldatino di piombo che, senza un lamento, cominciava a sciogliersi nella fiamma vivissima. A un tratto una folata di vento fece sbattere una finestra. Il vento porse la mano alla ballerina di carta e lei danzò sollevandosi, al braccio del vento, nell'aria. Danzò verso il fuoco e, con un'ultima piroetta, si ritrovò a fianco del soldatino. Le fiamme facevano scintillare il suo lustrino.
Il soldatino taceva sull'attenti... perché la consegna... voi sapete...

La ballerina arrossì guardandolo, poi
abbassò la testa e avvampò tutta.
Il soldatino si sciolse lentamente
accanto a lei.
L'indomani la cameriera tolse la cenere
dal caminetto e trovò...
Indovinate? Un cuoricino di piombo
e un lustrino annerito dal fuoco.

*Finisce così
questa favola breve e se ne va...
Ma aspettate, e un'altra ne avrete.
«C'era una volta...» il cantafiabe dirà
e un'altra favola comincerà!*

La casa nella foresta

Illustrazioni di PIKKA
Versione sceneggiata di SILVERIO PISU

*A mille ce n'è
nel mio cuore di fiabe da narrar.
Venite con me,
nel mio mondo fatato per sognar...
Non serve l'ombrello,
il cappottino rosso o la cartella bella
per venir con me...
Basta un po' di fantasia e di bontà.*

C'era una volta un taglialegna che abitava in una capannuccia al limitare della foresta. Aveva tre figlie, a dire il vero molto graziose.

MARIBIONDA – Io sono Maribionda, la maggiore.

MARIBELLA – Io Maribella e sono la seconda delle tre.

MARIDOLCE – Io sono

Maridolce, e sono la più piccola.

TAGLIALEGNA – Bene, figlie mie, adesso che vi siete presentate,
occupatevi della casa: pulite e
spolverate tutto come si deve... Moglie!...

MOGLIE – Sì, marito mio!

TAGLIALEGNA – Domani dovrò andare a tagliare legna nella foresta e non
potrò tornare a casa a mezzogiorno:
mi manderai Maribionda con la colazione.

Perché non si perda nel bosco
e mi raggiunga facilmente,
lascerò cadere durante il cammino
dei granellini di miglio.

Dei granellini di miglio? Ma la foresta
è piena di uccellini che vanno ghiotti
per il miglio! Lo mangeranno
tutto!... Infatti, l'indomani, quando
Maribionda si addentrò nella foresta,
cerca di qua, cerca di là, non trovò

nemmeno un granello di miglio.

MARIBIONDA – Vedrò di raggiungere lo stesso il babbo; non sarà poi tanto difficile trovare la strada giusta.

La ragazza camminò per tutto il giorno, ma non trovò il padre; anzi, si smarrì nel bosco e non riuscì più a tornare indietro. Per fortuna, a sera, proprio quando le forze la stavano abbandonando, vide una casetta con una finestra illuminata.

Maribionda raggiunse la casetta
e bussò alla porta.
Una voce roca le rispose dall'interno...

VECCHIETTO – Avanti!

Che strana casa era mai quella!
Maribionda, entrando, si trovò in
una grande cucina e vide seduto al
tavolo un uomo vecchissimo. Doveva
essere triste e sconsolato, dato che se
ne stava a capo chino e si teneva il viso fra
le mani. La sua lunga barba bianca
scendeva fino a terra. Vicino al vecchietto
vi erano tre animali: una gallinella,
un galletto e una mucca pezzata.

MARIBIONDA – Nonnino, mi sono
smarrita nella foresta; potresti ospitarmi
per questa notte? Sono così stanca...

Il vecchietto si volse agli animali...

VECCHIETTO – *Ditemi, gallinella,*
        e tu, galletto bello,
        e tu, mucca pezzata,
        la fanciulla ci sarà grata?

ANIMALI — *Mmmma! Io dico solo mmmma, staremo a vedere...*
Chi chi chi chi chi lo sa...
co co co co co cosa mai farà... Chissà?
Il pranzo preparerà;
siccome ha fame, mangerà,
a noi non penserà e mal si troverà.

Infatti successe proprio come la mucca, il galletto e la gallinella avevano previsto.
Maribionda si mise a preparare una buona minestra, ma si dimenticò completamente degli animali, che la osservavano con l'acquolina in bocca...

GALLETTO – Che … che … che fai, prepari la minestra?

MARIBIONDA – Eh già.

GALLINELLA – Co co co come la fai?

MARIBIONDA – La faccio buona.

MUCCA – Mmmma il sale ce lo hai messo?

MARIBIONDA – Certo.

GALLETTO – Che che che buon profumo!

Maribionda – Adesso è proprio cotta. A tavola, nonnino!

Vecchietto – A tavola? Di già? E non hai pensato a queste bestie?

Maribionda – Con la fame che ho? Lascia che pensi prima al mio povero stomaco! Su, mangia anche tu, nonnino!

Gallinella – Co co co com'è?

Maribionda – Buona, l'ho fatta proprio bene.

Mucca – Mmmme la fai assaggiare?

Maribionda – Scherzi? Una mucca che vuole mangiare a tavola, dal mio stesso piatto! Senti che pretese!

Maribionda mangiò a sazietà,
poi sbadigliò soddisfatta.

MARIBIONDA – Proprio un bel
pranzetto. Ora sono stanca e
vorrei andare a dormire.
C'è un letto per me?

ANIMALI – *Mmmma,
io dico solo mmma,
come, a noi non pensi?
Chi chi chi ci dà da mangiare?
Co co con che cuore ci lasci morire
di fame?
Col vecchietto hai mangiato,
col vecchietto bevuto hai,
a noi non hai pensato
e mal ti troverai!*

VECCHIETTO – Non sei davvero una buona ragazza. Pazienza!... Vai di sopra, preparati il letto e riposati.

La fanciulla fece quel che le aveva detto il suo ospite, poi si addormentò. Dopo un poco il vecchietto salì, scosse la testa davanti alla ragazza, aprì silenziosamente una botola e fece cadere Maribionda in cantina.

Intanto il taglialegna era tornato a casa.

TAGLIALEGNA – Moglie! Mi hai lasciato tutto il giorno senza mangiare! Non ti avevo detto di mandarmi nel bosco Maribionda con la colazione?

MOGLIE – Caro marito, io ti ho mandato Maribionda, e con tanto di colazione. Se poi quella sventata si è persa nel bosco, che colpa ne ho io? Speriamo che torni presto.

TAGLIALEGNA – A ogni buon conto, domani lascerò come traccia delle lenticchie, e tu mi manderai Maribella con un bel pranzetto.

Moglie – Ma perché non te lo porti direttamente il mattino quando parti?

Taglialegna – Io... io sono il padrone di casa! Chi è che lavora qui?
Io! Desidero solo che mi si porti la colazione. Chiedo troppo?
Mi sembra di essere l'ultima ruota del carro, in questa casa!
Se smetto di lavorare io, qui moriamo di fame. Capito?

Moglie – Va bene, va bene, non prendertela così! Lascia pure cadere le tue lenticchie; speriamo che Maribella non si perda!

Ma il giorno dopo Maribella ebbe un bel cercare le lenticchie.
I soliti uccelli del bosco se le erano mangiate!

Maribella – Devo proprio essermi persa. Se arrivo a casa, voglio dire al babbo che questo sistema del miglio e delle lenticchie non funziona. Sarebbe meglio che piantasse lungo il cammino delle frecce con su scritto « per di là » oppure « per di qua »!

211

212

Così anche Maribella arrivò alla casetta del vecchietto. Era affamata e stanca quanto la sorella Maribionda e non si fece ripetere due volte l'invito a preparare un bel pranzetto. Subito dopo se ne andò a letto,
sotto lo sguardo corrucciato della mucca, del galletto e della gallinella, che erano rimasti un'altra volta a bocca asciutta.
Maribella si era appena addormentata, che il vecchietto la prese e la fece cadere fino in cantina.

GALLINELLA – Co co così impara a non amare gli animali!

Ma torniamo al taglialegna.
Non vi dico la sua rabbia quando rincasò quella sera ancora digiuno.

TAGLIALEGNA – Io faccio il taglialegna; il mio è un lavoro duro e faticoso e mi si nega una minestra calda per pranzo!

MOGLIE – Ma se te l'ho mandata! Possibile che anche quella sventata di Maribella non ti abbia trovato?

TAGLIALEGNA – Domani lascerò dietro di me una traccia di piselli! Un sacco intero ne porterò con me, e Maridolce dovrà vederli per forza!

MOGLIE – Ma non si potrebbe...

TAGLIALEGNA – Basta! Silenzio! Si fa come dico io.

Il giorno dopo gli uccelli del bosco... non c'erano, e quasi quasi, assenti loro, il povero taglialegna avrebbe potuto finalmente mangiare il suo pranzo; quand'ecco uno stormo di piccioni selvatici, volando, vide i piselli...

PICCIONI – Gu gu guarda! Dei piselli!

E in un baleno i piccioni se li mangiarono tutti. In tal modo anche

Maridolce si perse nel bosco, ed eccola bussare alla porta della solita casetta.

MARIDOLCE – Nonnino, ti prego, ho tanta fame e ho tanto sonno...

VECCHIETTO – Vieni avanti, prepara pure la cena, poi potrai riposarti in lenzuola di bucato. Che ve ne pare, animali miei?

Ditemi, gallinella,
e tu, galletto bello,
e tu, mucca pezzata,
la fanciulla ci sarà grata?

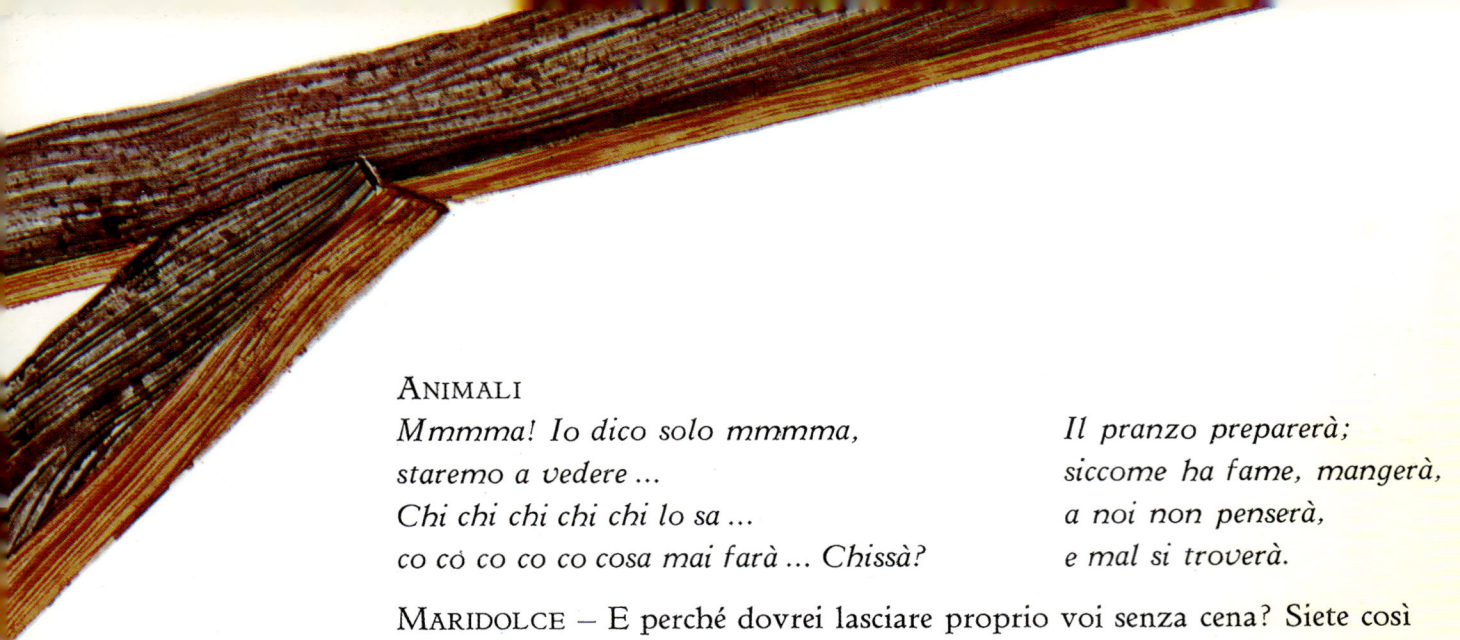

ANIMALI
*Mmmma! Io dico solo mmmma,
staremo a vedere ...
Chi chi chi chi chi lo sa ...
co co co co co cosa mai farà ... Chissà?*

*Il pranzo preparerà;
siccome ha fame, mangerà,
a noi non penserà,
e mal si troverà.*

MARIDOLCE – E perché dovrei lasciare proprio voi senza cena? Siete così carini ... Preparerò la minestra per il vecchietto e per me ...

GALLINELLA – Ecco, siamo alle solite ...

GALLETTO – Non c'è più amore per gli animali ...

MARIDOLCE – Brontoloni! Lasciatemi finire ... Bene! Adesso il vostro padrone ha la minestra calda e, prima di mettermi a tavola anch'io,

posso pensare a voi. Ecco un bel secchio d'acqua e una bracciata
di buon fieno profumato per te, mucca...
Ed ecco del grano per te, galletto, e per te, gallinella...
Contenti? Adesso lasciate che mangi qualcosa anch'io.

E Maridolce si mise a mangiare. Quando ebbe finito, chiese al vecchio
se poteva andare a riposare, e questi lasciò che rispondessero
i suoi animali...

        ANIMALI – *Mmmma, io dico solo mmma,*
                certo, vada a letto...
                Che che che sogni cose belle...
                Co co contenti buona notte
                le auguriam.
                Col vecchietto ha mangiato,
                col vecchietto ha bevuto,
                a noi ha provveduto,
                buon riposo le è dovuto.

La fanciulla salì in camera, batté i materassi di piuma, mise le lenzuola di bucato, poi disse le preghiere e si addormentò. Durante la notte sentì degli strani rumori: scricchiolii e tonfi, come se la casa andasse in pezzi. Quando al mattino Maridolce si svegliò, ebbe un'incredibile sorpresa!

MARIDOLCE – Oh! Che magia è mai questa!... Non più la misera stanzetta nella quale mi sono addormentata, ma una camera arredata in maniera magnifica! Il letto è d'avorio, la coperta di velluto...
le mie scarpe sono diventate due splendide babbucce ornate di perle...

In quel momento bussarono alla porta.

MARIDOLCE – Chi è? Venite pure avanti.

Ed ecco che nella stanza comparvero due ancelle e un maggiordomo. Le due ancelle si inginocchiarono e il maggiordomo si inchinò...

219

MARIDOLCE – Non ho bisogno
di niente, grazie.
Devo solo scendere per preparare la
colazione al buon vecchietto
e, naturalmente, non devo
dimenticarmi dei suoi animali...

MAGGIORDOMO – Gli animali
eravamo noi, gentile fanciulla.
Io ero il galletto.

DAMIGELLE – Io la mucca...
E io la gallinella.

MAGGIORDOMO – Finalmente
abbiamo ripreso la nostra forma
umana, grazie a te.
Ma adesso vestiti; un'altra sorpresa
ti aspetta nel salone.

Maridolce si lavò e si vestì.
Al posto dei suoi poveri abitini,
trovò una veste meravigliosa e
un manto con lo strascico. Quando
scese, un bellissimo principe le
si fece incontro, sorridendo...

PRINCIPE – Cara Maridolce, una
strega cattiva mi aveva trasformato
in un vecchio, e condannato a vivere
nella casetta della foresta, con
due ancelle e un maggiordomo,
tramutati, ahimè, in animali.
Solo la bontà di una fanciulla che
avesse avuto cura e amore non solo

verso di me, ma anche verso gli animali,
avrebbe potuto farci tornare come
eravamo prima dell'incantesimo.
Tu sei stata buona e gentile:
vuoi diventare mia sposa?

MARIDOLCE – Oh, principe,
così all'improvviso...
Ma tu forse sai anche dove sono
finite le mie sorelle?

PRINCIPE – Le ho rinchiuse in cantina.
Le manderò a servire da un carbonaio,
finché non avranno imparato a essere
più buone con gli animali.

*La gallina non è più gallina,
la mucca è damigella,
il galletto non canta più,
ma dice: « Il pranzo è servito, signore! »
Maridolce sarà regina,
diventerà una brava mogliettina,*

e le sorelle verranno presto perdonate
perché possano assistere
ai festeggiamenti per le nozze
sfarzose del principe e di Maridolce.

*Finisce così
questa favola breve e se ne va...
Ma aspettate, e un'altra ne avrete.
«C'era una volta...» il cantafiabe dirà
e un'altra favola comincerà!*

L'acciarino magico

Illustrazioni di PIKKA
Versione sceneggiata di SILVERIO PISU

A mille ce n'è
nel mio cuore di fiabe da narrar.
Venite con me,
nel mio mondo fatato per sognar...
Non serve l'ombrello,
il cappottino rosso o la cartella bella
per venir con me...
Basta un po' di fantasia e di bontà.

Questa è la storia di un soldato, un soldato che camminava per la via maestra. Aveva tanto di spada e zaino, ed era talmente baldo e fiero che faceva rumore come un'intera compagnia.
Non aveva paura di niente, nemmeno del buio.
Ed ecco che, a un dato momento, una vecchia strega, seduta sul ciglio della strada, lo chiamò.

STREGA – Soldato! Si vede subito che sei coraggioso!

SOLDATO – Puoi dirlo, puoi dirlo, strega!

STREGA – Vuoi avere tutto il denaro che desideri?

SOLDATO – E me lo domandi? Certo!

STREGA – Ma non dovrai avere paura di niente. Te la senti?

SOLDATO – Certo.

STREGA – Allora stammi a sentire: il tronco di quest'albero è cavo fino alle radici e conduce a una stanza sotterranea dove ci sono tre porte. Se apri la prima porta, vedrai una cassa con sopra un cane.
Gli occhi del cane sono grossi come delle tazze da tè,

ma non t'impressionare. Ti darò il mio grembiule da stendere sul pavimento.

Soldato – Il tuo grembiule?

Strega – Certo. Se tu prenderai il cane e lo metterai sopra il grembiule, la bestia non ti farà del male.
Nella cassa ci sono tante monete di rame: prendine quante ne vuoi...
Se però preferisci l'argento,
apri la seconda porta. C'è un'altra cassa e un altro cane, con gli occhi grandi come le ruote di un mulino.
Stendi il grembiule a terra, mettici sopra il cane e prendi quello che vuoi.

SOLDATO – Ho capito: se invece voglio dell'oro, basterà che entri nella terza stanza. Ci sarà la cassa e ... come saranno grandi gli occhi del terzo cane?

STREGA – Grandi come torri.

SOLDATO – Però?!... Ma io non avrò paura nemmeno di questo terzo cane. Piuttosto, che cosa vorrai in cambio di tutte queste ricchezze?

STREGA – Oh, una bazzecola: fra le radici dell'albero troverai un acciarino. L'ha dimenticato la strega mia nonna, l'ultima volta che è scesa.

SOLDATO – Va bene, te lo porterò. E ora calami con una corda nell'albero.

Che brutto esser calato *nel buio buio buio buio buio*
nell'albero col buco; *ti sembra di morire di paura!*

SOLDATO – Eccomi qua... Vediamo... apro la prima porta... Ah, buon giorno, cane... hai già gli occhi grandi come tazze da tè, non vedo la ragione di sgranarli di più...
Sono solo un soldato, e sono venuto per metterti sopra questo bel grembiule.

Ecco... e ora vediamo la cassa... Per mille cariche di fanteria! Riempirò tasche e zaino di monete.

E il soldato fece quanto aveva detto. Poi rimise il cane sulla cassa e aprì la seconda porta.

SOLDATO – Mamma mia! Che occhi grandi hai, cane! Chissà come ci vedi bene! Ma tu sei tanto buono, vero, cane?... Ecco, mettiti qui, sul grembiule della strega! E ora... la cassa.
Per mille colpi di artiglieria!...
Sarà meglio buttare via tutte le monete di rame e sostituirle con queste, che sono d'argento.

E il soldato passò alla terza porta.

SOLDATO – Perbacco, cane, non guardarmi così o resto ipnotizzato dai tuoi

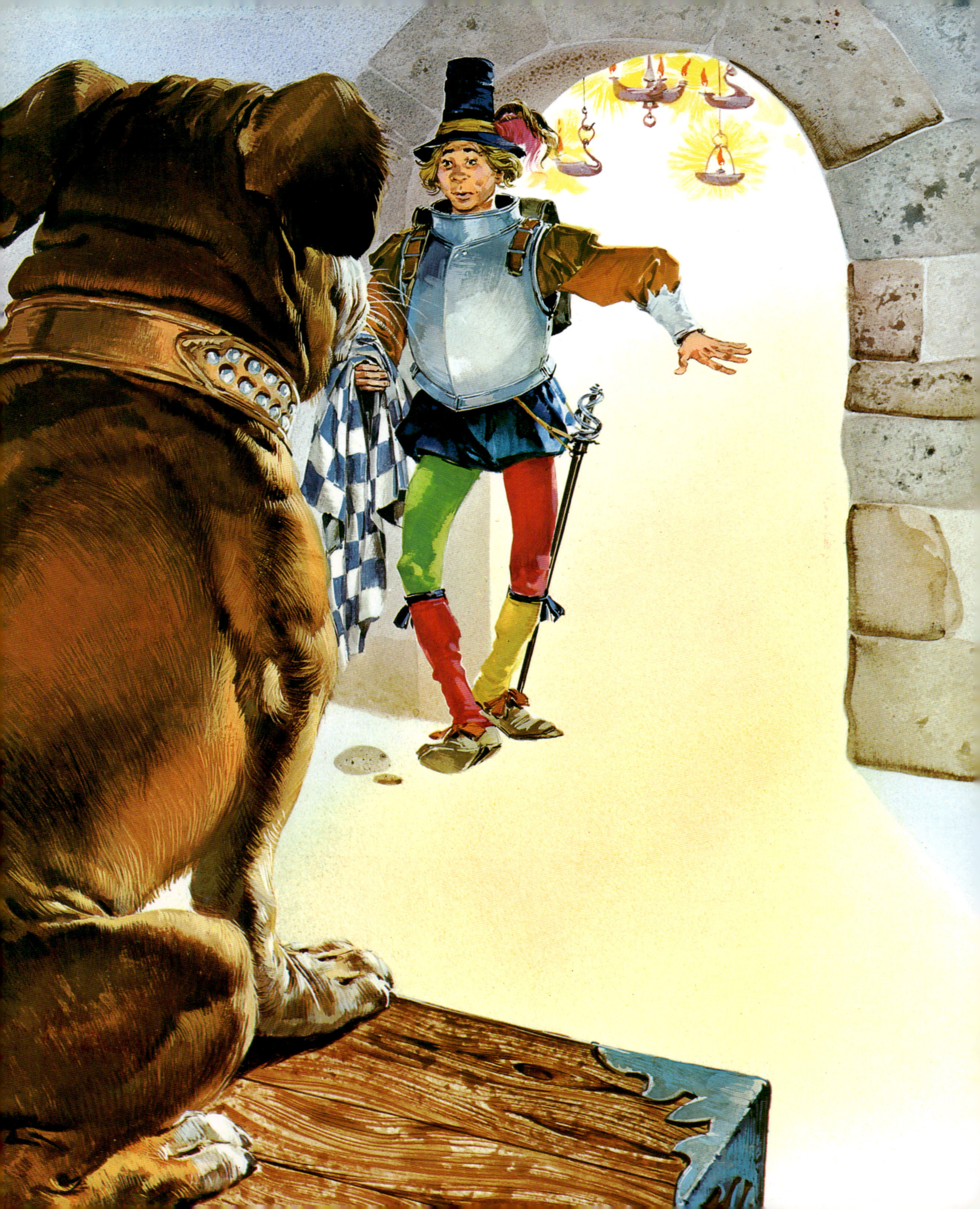

occhiacci grandi come torri. Buono, cane, buono... eccoti sul grembiule della strega. E ora la cassa...
Per mille colpi di cannone! Credo che sarà meglio vuotare le tasche ancora una volta e riempirle con queste monete, tutte d'oro...

E il soldato, dopo che si fu ben bene imbottito di monete d'oro, prese l'acciarino, si fece tirar su dalla strega e uscì alla luce del giorno.

STREGA – Bravo, soldato, vedo che non mi sono sbagliata sul tuo conto. E l'acciarino?

SOLDATO – Eccolo, strega.

STREGA – Dammelo, presto!

SOLDATO – Oh, che fretta... Non te lo darò finché non mi avrai detto perché lo desideri tanto.
A che cosa ti serve?

STREGA – Dammelo subito, altrimenti...

SOLDATO – Sai che paura! Allora?... Se non me lo dici, lo tengo io!

STREGA – Dammelo subito o ti trasformo in un...

SOLDATO – Brutta strega! Come osi minacciarmi? Te la farò pagare! In guardia, vegliarda!

E la strega scappò spaventata, lasciando l'acciarino nelle mani del soldato che, tutto contento, arrivò in città e prese alloggio nella migliore locanda. Per il giovane cominciò così una nuova vita...

Che vita da pascià!
Che gran felicità...
Spendere soldi a tutto spiano,
senza nemmeno
starci a pensar.
Trenta vestiti,
quaranta cavalli,
una cena da re per cento invitati;
battute di caccia,
balli e gran feste,
burle, scommesse
e viaggi per mar!

PASSANTE – Scusa, Cantafiabe...

Dimmi, passante.

PASSANTE – Ho sentito dire che in questo paese vive una principessa che...

Che cosa c'entra adesso la principessa?

PASSANTE – C'entra, c'entra, perché un mago ha predetto al re che sua figlia sposerà un soldato semplice.

Ah, sì?...

PASSANTE – E allora il re l'ha chiusa nel castello e non la lascia più uscire.

Già... Chissà se il soldato della nostra fiaba è al corrente della cosa?...

PASSANTE – Oh, non ti preoccupare, Cantafiabe, vedo che il giovane sta arrivando. Ci penso io a informarlo.

Grazie, passante. Ciao!... E mentre il passante racconta al soldato la storia della principessa, state attenti a quello che vi dico, cari bambini.
Il soldato continuava a spender soldi, a mangiare e bere, ma non lavorava mai, finché la scorta delle monete d'oro

un giorno finì. Il giovane allora dovette lasciare il suo bell'appartamento, i vestiti lussuosi, tutto, e ritirarsi in una misera stanzetta.
Una sera in cui era rimasto perfino senza luce, si ricordò di avere ancora in tasca il famoso acciarino.
Trovò un moccolo di candela e pensò di fare un po' di luce con quello; ma nel momento stesso in cui le scintille sprizzarono dalla pietra focaia dell'acciarino, ecco la porta aprirsi di colpo...

PRIMO CANE – Comanda, padrone.

SOLDATO – Guarda, guarda chi si vede! Il cane con gli occhi grandi come tazze da tè! Bene, bene...

Ecco a che cosa serviva l'acciarino! A chiamare i tre cani fatati!

Un colpo, ed ecco il primo cane;
due colpi, ed ecco
il cane con gli occhi grandi come le
ruote di un mulino;
tre colpi, ed ecco
quello con gli occhi grandi come torri.
E il più bello era che i cani facevano
tutto quello che il possessore
dell'acciarino voleva.
Il soldato espresse due desideri.

SOLDATO – Per prima cosa, voglio
di nuovo tanti bei vestiti,
denaro, appartamento e tutto
il resto. E poi... ho
sentito dire che in questo paese vive

una principessa molto bella: vorrei vederla almeno una volta.

Non erano passati due minuti, che il primo desiderio era realizzato. E non ne erano passati cinque, che il cane con gli occhi grandi come tazze da tè tornava con in groppa la principessa.

SOLDATO – Non ci volevo credere, ma è davvero una fanciulla molto bella!

Il mattino dopo, a colazione, nel palazzo del re, la principessa raccontò tutto ai genitori, pensando che la sua avventura non fosse altro che un sogno.

Principessa — Sapete che buffo sogno ho fatto stanotte?
Ho sognato che è venuto nella mia camera un cane e mi ha portato nella casa di un soldato riccamente vestito...

Regina — Davvero, cara?

La regina finse di non dare importanza alla cosa, ma quella benedetta predizione del mago non le dava pace.

Proprio un soldato doveva sognare
sua figlia!...
Verso sera mandò a chiamare
una vecchia dama d'onore.

REGINA – Dama, non perdere d'occhio mia figlia.
Voglio sapere che cosa le succede.
Dice che, appena è addormentata, arriva
un cane e la porta via...

DAMA – Lasciate fare a me, regina. Metterò
le scarpe fatate e la seguirò.

E la dama si mise in attesa sotto le finestre della
camera della principessa. Per non lasciarsi
battere in partenza, restò per tutto
il tempo con le gonne un po' sollevate,
pronta allo scatto, per lanciarsi
come una freccia al primo allarme.
E infatti riuscì a tener dietro
al cane che venne a prendere la fanciulla.

DAMA – Mamma mia, che corsa! Ecco, il cane è entrato in quella casa. Farò una croce sulla porta, e domani mattina potrò tornare e far arrestare con tutta calma chi vi abita.

Ma il cane, dopo che ebbe riaccompagnato a corte la principessa, si accorse della croce e segnò allo stesso modo tutte le porte della città, così che il mattino nessuno riuscì a capire quale fosse quella giusta.

REGINA – Il tuo piano è fallito, cara dama. Questa notte farò a modo mio: legherò al mantello della principessa un sacchettino di grano e ci farò un buchetto nel fondo.
Domani mattina non ci sarà che da seguire la traccia dei chicchi di grano.

E in effetti le cose andarono come la regina aveva predisposto.

Il cane non si accorse di lasciare per la strada una leggera scìa di grano, e il giorno dopo le guardie del re si presentarono alla casa del soldato, lo arrestarono e lo portarono in prigione.

SOLDATO – Povero me, dove sono finito! E per di più ho dimenticato l'acciarino in camera mia. Chi mi aiuta adesso?

Il povero giovane era disperato, allorché arrivò il carceriere...

CARCERIERE – Soldato, è stata decisa per domani la tua impiccagione...

Ahi, che brutta notizia per il soldato!... Il mattino dopo una gran folla, spinta dalla curiosità, si affrettava verso il luogo dove avevano eretto il patibolo.
Un garzone di fornaio correva talmente forte che perse

una ciabatta; questa finì sotto la finestra del soldato...

SOLDATO – Ehi, ragazzo!

GARZONE – Non posso fermarmi, signore! È già tardi...

SOLDATO – Fai pure con calma; tanto, finché non arriverò io, non ci sarà niente da vedere!

GARZONE – Ah! Siete voi il soldato che devono impiccare! Che cosa volete?

SOLDATO – Fai un salto alla mia locanda e prendimi, per favore, l'acciarino che ho dimenticato.
Ti darò quattro soldi per il servizio.

Il garzone non perse tempo e, in men che non si dica, tornò con l'acciarino... Quando il soldato salì sulla forca chiese, come ultimo desiderio, di fare una fumatina.
Il re disse di sì, ed ecco le scintille sprizzare dall'acciarino: una... due... tre volte... Poi, come per incanto, comparvero i tre cani che, con il loro aspetto tremendo, spaventarono tutti quanti.

SOLDATO – Bravi cani! Soccorretemi, vogliono impiccarmi!

E i cani si precipitarono sui giudici,
sui soldati, sul re e sulla regina
e li fecero volare tutti per aria;
li fecero volare in alto, ma tanto in alto,
che non discesero mai più.
Allora il popolo esultante gridò...

POPOLO – Piccolo soldato, sarai il nostro re
e sposerai la bella principessa!
Evviva il soldato, evviva la principessa,
evviva i cani fatati!

*Finisce così
questa favola breve e se ne va...
Ma aspettate, e un'altra ne avrete.
«C'era una volta...» il cantafiabe dirà
e un'altra favola comincerà!*

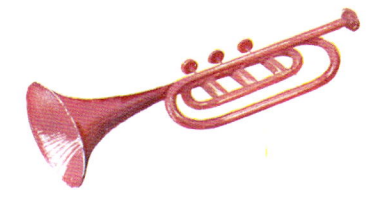

Finito di stampare nel mese di ottobre 2014 presso
ARTI GRAFICHE JOHNSON S.p.A. - Seriate (BG)
Printed in Italy